我又看見一個新天新地，因為先前的天地已經過去了。

（啟示錄21：1）

不亦快哉集

令人驚豔的102歲

張祖詒 著

發行人的話

令人驚豔

「現代逍遙遊續集」書序

張寶琴

聯合文學二年前出版了一本《現代逍遙遊》（二〇一七），頗受讀者歡迎。現在作者張祖詒先生又寫了一本續集，再交聯合文學出版，至感榮幸，同時也有很多感想。

古今中外的出版史上，這是一本有空前意義和創新紀錄的出版品。

本書作者：張祖詒先生，在他一百歲之前到滿一百零一歲之後的時間內，親自提筆，一個字一個字，全憑個人記憶、記事或記錄，陸續寫下他二、三十年來悠遊世界的所見、所聞、聯想、感想和領悟，閱讀此書不但帶給讀者莫大的鼓舞和驚喜，更提供一些智慧的啟發和生命意義的探索。

張伯伯祖詒，生於一九一八年農曆六月十九日，換算成國曆是一九一八年七月二十六日，本書也就是正值作者實足年齡一百～一百零一歲時親筆寫下的著作。

一般人對百歲長者的認知，大都以為是眼茫耳鈍、雙手顫抖、口齒不清、頭髮稀疏、思緒凌亂、反應遲緩等等，但當你打開這本書，開始閱讀後，你才發現那是大大錯誤的認知，相反的這本書帶你進入一個令人驚豔的世界！

第一個驚豔：

知性、感性、理性、智性，可以這麼活潑地、自然地相互激盪，彼此牽動，帶領讀者進入一種完美和諧、從容優雅的時空情境！

例如：〈水晶宮〉一文，從歐陽修的「環滁皆山也」，帶你進入瑞士山水，而聯想到世界最有名的水晶製品施華洛世奇（Swarovski），參觀遊客中心「水晶宮」，宮內晶瑩剔透的水晶，在雷射光束照射下，變幻莫測，身歷其境，不知在陽間還是陰間！這種強大誘力及震懾的感受，立刻牽引出莊子及法國哲學家保羅・沙特的「存在主義」，來探討人類存在的本質，高潮迭起，峰迴路轉，又回到無風又無浪的初始狀態！

〈由眾神登頂峰〉一文，描述登上高達14,110英尺、位於美國科羅拉多州的派克斯頂峰（Pikes Peak）時，年已九十歲的作者，那種閒步高峰、心曠神怡的和諧感，甚至沒有缺氧感，不但令人稱羨，簡直是奇蹟！

在許多探索身心靈健康和諧的書籍中，楊定一教授的暢銷書《真原醫》有深入的研究，大意是：人類必須與大自然和諧並存，人的身心靈本是一連串不可分開的能量流，在諧振狀態時，它與天、地、萬物是和諧並存的，也就是說生命原是和諧、快樂和健康的，當量子諧振被破壞時，人的身心就會變得退化而不快樂，於是文明病就會產生，要恢復健康，必須找回與生俱有的諧振狀態。

楊定一教授指導人們如何用運動、飲食、靜坐、瑜伽、呼吸、反省等方法，來找到自己身心靈的和諧，而本書的作者，以一生的歷練在不知不覺中來到一百歲、一百零一歲，並且見證了身心靈和諧的生命狀態，人世間幾乎是屈指可數、驚為天人！

由於身心靈的和諧，進而與天、地、萬物共諧共存，天地人合為一體了，對「天機」、「神機」自然有感受了！

例如：〈千禧年的神祇〉一文，二〇〇一年作者與夫人旅遊葡萄牙，與當時我國駐葡萄牙代表處的鄭祕書夫婦見面，察覺鄭氏夫婦面色蒼白、形容憔悴，亟願親赴鄭府拜訪，果然找出有不祥之「珍品」，將「珍品」用至善的心意、虔誠的態度送回撿來之處，二年後，鄭氏夫婦致函表示完全恢復健康，真有「神祇」！

〈不期而遇〉一文，描述退休後遷居美國，在附近超市或機場巧遇舊識，而成為旅居美國時經常往來的好友，增添退休後旅居他鄉的生活樂趣！天意也！

〈死海裡的寶藏〉一文，讀到「和平導管」（the peace conduit）計畫，從紅海邊約旦的亞喀巴市（Agaba）到死海邊的利賽區（Lisan Area）鋪設導管，以維持死海的海面高度及提供以色列、約旦和巴勒斯坦用水，但因彼此的政治宗教仇恨，從一九八〇年到現在一直無法完工，不論可否完工，應「天之所欲則為之，天所不欲則止。」聽天意吧！

〈龐貝懷古〉一文，描述西元七九年，義大利維蘇威火山（Vesuvius）爆發，將龐貝城完全淹沒，人、畜、萬物無一倖免，那是人禍後的天意嗎？

〈神機妙算〉一文，以真實事例說明「謀事在人，成事在天」的天機不可預測的神祕性。作者十歲那年得了痲疹病，臥床延醫診治，祖母自鄉下前來陪伴，指導生病的孫兒做「馬前課」，十多天後，疾病痊癒，文中把「馬前課」全文抄錄，「天機」真是妙不可測，但卻又存在！

〈天作之合〉：很少搭乘公車的作者，一天心血來潮，好奇地搭上公車，居然巧遇多年未見的晚輩，沒想到這個巧遇成就了作者第二段幸福姻緣！一九七〇年作者五十二歲喪妻，多年未再婚，在公車巧遇的晚輩介紹了陳家麗女士，於一九七六年結婚，如今已四十三載，鶼鰈情深、老而彌篤、深深相愛在幸福感中！天意啊！

第二個驚豔：

是作者驚人的體力和優雅的形容！

自一九九〇年開始，作者時年七十二歲，二、三十年來，上高山、下低海，足跡遍及歐洲的英、法、德、義、俄、瑞、奧、比、荷、盧、西班牙、葡萄牙、瑞典、挪威、芬蘭、愛沙尼亞；

中亞的以色列、約旦、巴勒斯坦；

亞洲的日本、韓國、菲律賓、馬來西亞、新加坡、泰國、越南；

中國的白山、黑水、萬里長城、京華古都、長江、黃河、兩廣南國、大江南北；

北美洲的加拿大和美國東西南北大小城市，不勝枚舉；中南美洲的瓜地馬拉、宏都拉斯、薩爾瓦多。

在這些旅程中，不但體力要好，更要腳力，更了不起的是：九十歲時登山高達 14,110 英尺的派克斯頂峰，同行十人中，沒有缺氧感的是九十歲的作者和一歲的嬰兒！這樣的體力能不驚豔？

相由心生，今年一百零一歲的張伯伯依然耳聰目明、步履穩健、思路有序、口齒清晰、從容優雅、淡定自在。

寫到這裡突然想起，是否應該為張伯伯申請《金氏世界紀錄》（Guinness World Records）最年長的作者（Oldest male Author）？查出目前世界上最年長的作者是美國的詹姆・唐寧（Jim Downing），他出生於一九一三年八月二十二日，於二〇一六年二月十五日（一百零二歲又一七六天）時將作品 *The Other Side of Infamy*（恥辱的另一面）交給出版人，同意出版。如果張伯伯要打破這個紀錄，必須在二〇二一年一月二十日再交一本作品給聯合文學出版社，這時他的實足年齡是一百零二歲又一七七天，打破金氏世界紀錄上前一位最年長的作者。

我們對此充滿信心，祝福！稱羨！

我們期待中華民國在台灣的張祖詒先生將於二〇二一年一月二十日或之後任一天在《金氏世界紀錄大全》中登上「最年長的作者」的寶座！

聯合文學 發行人 **張寶琴**

寫於二〇一九年七月四日

卷首語

代序

前年此時，筆者寫了一本書，作為給我自己百歲生日的一件禮物，書名是「逍遙遊」，謝謝聯合文學出版公司的發行人，在書名上加了「現代」二個字，又再加了一個副題：「100歲帥哥的優雅旅程」，以便讀者一眼就可看出，那是尚在人間的百歲老人所寫的黃昏之作。

筆者在那《現代逍遙遊》書中，寫過幾句話，說明我在公職退休後，趁著體能猶未衰老，亟想悠遊四海，嘗試探求從心所欲的餘生，開啟新的眼界、增加新的見識，並以所見、所聞、所思，寫些回憶和記錄，於是有了那本書的出生。而且最後還說，如果腦力精神許可，也許想再補寫一本續集，如今居然殫精竭慮，勉予完成，當然不無快感。但要誠實說話，在寫作過程中，筆者已經深有「文思遲鈍、筆力沉重」之感。舛錯難免，還望讀者朋友寬諒。

有一點需要特別說明，這本續集，除了補述上集未及回憶的逍遙之遊外，由於旅美二十年間，不免關心時政，而美國一向被視為世界上民主政治的楷模，實際上卻從上世紀二次大戰以後的六、七十年代，已經開始逐漸變質，甚至變得醜陋不堪。揆其原因，執政者習慣了當「老大」，自然產生霸氣，導致國內和國際間的反感與不滿。因之根據平時所閱的報章雜誌，慎選了三篇精闢的政論文章，作者是位資深專欄作家，普立茲獎得主，過去三十年來，曾為《華盛頓郵報》寫了無數專欄文章，聲譽卓著，他的大名是Charles Krauthammer。我選他三篇文章加以摘譯，旨在介紹美國人對他們自己現今的政治生態，抱持怎樣的看法，以便大家一直在盲從的「美國第一」，能有一些不同的認識。

選擇三篇文章的主題，分別是有關負面民主、政黨政治和黨政主義，都是高度政治性的論述，當然和我拙作《現代逍遙遊》的旨趣，南轅北轍，但也是我所見所聞另方面的一部分，故以「附錄」方式，殿於書尾，以供讀者朋友參考，歡迎指教。

最不能忘記的，要向聯合文學出版公司張發行人寶琴再次為本書定名、以及總編輯周昭翡、責任編輯尹蓓芳兩位女士的熱誠致以最誠摯的謝意，由於她們的鼎力協助和指導，才能使這本續集於我沒有走完最後一里路時，順利出版問世，衷心銘感。

張祖詒 寫於二〇一九年五月二十日

目錄

水晶宮

「環滁皆山也」，歐陽修只用了五個字，就把滁州的地理位置和周圍景色，交代得如同一目瞭然。其後他也祇用了兩句話：「醉翁之意不在酒，在乎山水之間也」，輕描淡寫地以不言可喻的筆調，把那山區的景色之美，寫得令人神往。歐陽文忠的山水亭園小品，是我自幼最喜愛閱讀的文章。

如果模倣並改一個字說：「環瑞皆山也」，當然不無掠美之嫌，而且肯定仍不足以盡窺瑞士之美。

位於阿爾卑斯中段高原的瑞士，她擁有一千五百個高山湖泊，峰巒疊嶂的奇美山嶺，漫山遍野的翠綠地表，還有終年被皚皚白雪覆蓋的少女峰，超塵脫俗，難怪要讓馬克・吐溫驚豔不止，讚美為世界公園。

瑞士不但以風景秀麗著稱於世，更以精密工業產品（如鐘錶）傲視全球，她的GDP人均達到八萬美元，列為世上最富裕的國家，令人稱羨，因之每年前往觀光遊覽者總逾千萬。

不過我去瑞士給我印象最深刻的，不光是她湖光山色的秀麗美景，卻是不被多數旅客認為必須光顧的一個地方，那是一個名叫瓦頓斯（Wattens）的小城，距瑞士第四大城因斯布魯克（Innsbruck）僅約一小時車程。那兒有百餘年歷史（Swarovski）水晶工業藝品的製造中心，四周環境同樣具有瑞士的秀美，但有足以讚嘆的特色，她的整個

Swarovski 公司外景

領域，就是一個晶亮的公園。因為那個中心的生產製造部門、藝品展示館、還有一座水晶宮，全部建造在山嶺下的坑道之內。外表山坡上，有順著地形雕製建成的一座巨型人首獸身的噴水泉，頭部有用水晶嵌成的兩隻大眼球，不停地轉動，中間一張巨嘴，不斷地噴出像瀑布樣的水柱，極為壯觀，算是 Swarovski 的地標。可是令我猜想，這個建物造型設計的意義是什麼呢？

旅客進入中心的大門，有間寬敞的迎賓廳，便覺水晶的明亮，光耀奪目。再往裡走，是長長的廊道，和很多各類藝品的展示廳。裡面布置得五光十色，精品陳列得琳瑯滿目，尤其是用水晶精製的各種時尚首飾，彩色繽紛，幾乎讓人眼花撩亂。

我對那些豪華精品，無甚興趣，匆匆走過，進到一處水晶門內，氛圍截然不同，感覺有股強大的吸力，磁鐵般的引誘力，不由你自主，徐步深入，令人震懾。

我們中國神話裡，有海龍王的宮殿被稱為水晶宮之說，當然中國人都沒見過，在人們的想像中，必是蝦兵蟹將們的習武殿堂而已。但眼前所站之處，卻真真實實，前後、上下、左右的三度空間，片片皆是晶瑩剔透的水晶型塊，加上各個角落的雷射光束，變幻莫測，把整個場合，形似陰陽間隔的所在。更因水晶不是鏡子，可以反映人的真相，所以身處其中，不知自己的形象和容貌，頗有時空隔離，失去自我的虛無感。

我國古代大思想家莊子曾說：「人必須自覺人的存在，是和無限時空中大自然的有機運作息息相關。」如今我身在與大自然完全隔離的封閉時空，看不到自己的形象，也接觸不到其他事物，到底自我是否存在，也產生了疑義，不禁有點悚然。

所幸走完那個水晶宮，不過五、六分鐘，出來之後，立即雙手觸摸自己全身，實體肯定自我的存在。因之對人的生命，有了一些新的思維和領悟，那就是生命的真實，需要不受束縛和限縮的自由，需要和大自然接觸，且和大自然的運行配合呼應，從無窮的時空中，畫出生存。

一座人為的水晶宮，必然經過許多專家的精心設計和完善的建造，但不論它是多麼明澈亮麗，多麼精雕細琢，如果少了自然的質素，終究欠缺真樸的美。

走到山丘外面，已是夕陽西下時分，落日餘暉，正好照射著不停噴水的怪首發出閃耀的萬道光芒，使我想到設計者是否在顯示無盡泉源的力量和自然的奔放。於是我站到它前面大片的綠色草坪，拍了一張相片，見證自我的存在，也感謝水晶宮給了我寶

筆者攝於瑞士水晶工藝品製造中心

貴的啟示，讓我感到真實的不虛此行。

二十世紀流傳非常廣泛的「存在主義」（existentialism）認為人存在的意義是無法經由理性思考得到答案的。保羅・沙特斷定「存在先於本質」，也就是說，除了人的生存之外，沒有天經地義的道德和信仰標準，那是由人的自由行動和選擇來定義的。所以我回想在水晶宮內短時失去自我存在的感覺，等於否定自己本質的存在，反倒覺得此行多餘了。

人的自我矛盾，無處不在。

二〇一八年六月

走鋼索的女孩

原先預期一趟輕鬆愉快的北歐之旅，卻在途中遇見了一樁令人心酸的不幸事件。

二〇〇六年，多位同在美國的朋友，聯合我和內子，結伴乘坐郵輪，穿越波羅的海，遊覽北歐諸國，觀賞歐洲的北國風光。依照船公司排定的行程，當然把重點置於如瑞典、挪威、芬蘭等國的歷史名城。但我個人的注意力，卻放在波羅的海海濱的一個小國愛沙尼亞（Estonia）。因為她在第二次世界大戰期間，受盡德、蘇二強的侵凌，戰後被蘇聯併吞，而能在一九九一年蘇維埃聯邦解體時，竟能率先作出正義之舉，宣布獨立，令人刮目相看。

所謂豪華郵輪，內部設施當然極盡奢華能事。一般慣例，郵輪航程，多半夜晚在海上航行。次晨抵達某一港口，讓旅客們登陸，作一日觀光遊覽，傍晚返回郵輪，享受美食晚餐後，或去泳池戲水，或去賭場試試運氣，或到劇場觀賞表演，想盡方法要讓旅客歡樂滿意。

那年九月，秋高氣爽。我們從荷蘭的阿姆斯特丹港登輪，次晨抵達丹麥的哥本哈根，再一日便駛抵愛沙尼亞首都塔林（Tallinn）港口，不幸事件，便在那天發生。

那天早晨，船停靠碼頭。旅客們已經用完早餐，循例準備登岸，但船上廣播系統卻突然清楚發音，請旅客們延遲十五分鐘離船，未說明是何緣故，旅客們祇好留在艙房稍等。

由於我們訂的艙房，都在船的邊沿，還有小小陽台，可以在航行中觀賞海景。那晨船身停靠塔林港口時，我們的艙房正好面對碼頭，所以我在陽台上探頭看望碼頭動靜，想知道究竟有什麼事情發生。

果然看到一輛白色救護車，頂上不停閃著紅藍色燈光，當它駛到碼頭平台時，郵輪艙底出入口抬出一個擔架，上面蓋著白布，兩個護士急忙把擔架抬進救護車內，疾駛而去。我們猜想大概船上哪位旅客急病，趕快送醫救治。因之大家循例魚貫登岸，對剛才情景，並未十分介意。

踏上碼頭，左前方有一片很大平台，整齊排列著數百輛全新汽車，全是剛從國外進口的各色名牌轎車，顯示這兒是個新興市場，所以我第一個印象：愛沙尼亞這個小國正在欣欣向榮，人民必定過著安和的生活。

旅遊巴士緩緩向塔林市區行駛，隨車地陪導遊，一路介紹當地風土人情，行車所經之處，但見馬路寬敞，建築美觀，予人好感。不一會兒，車輛轉了個彎，曲折進入山區，道路雖稍狹窄，但周圍樹木蒼翠，景色宜人，再轉一彎，豁然開朗，前面出現一片盆地平原，中央有座紅頂黃牆的大樓，高聳偉立，導遊介紹說：「那是國會大廈」，稍後又輕描淡寫地補了一句：「他們正在選舉總統。」卻使我們大惑不解，有點錯愕。

在我們的經驗和腦子裡，一個民主國家選舉總統，該是多麼熱烈競爭的大事，而這個國家的首都，在選舉總統日，竟然平靜安謐得無異常日，看不到一點喧譁熱鬧跡象，寧非怪事？後來瞭解，愛沙尼亞總統是虛位元首，選舉過程分二階段進行，那天是第二階段由國會議員投票產生，也就是間接選舉制，所以競選活動不在群眾，而在國會。那是這個小國給我第二個新的良好印象，深刻又樸實。

導遊再帶我們參觀塔林市的中心廣場，我們在一家餐廳用餐，隨後各處閒逛遊覽，返回碼頭時，已是夕陽西下，接近黃昏，卻聽到一件駭人慘事。

一個靈巧活潑，含苞待放、青春又可愛的少女驟然消失了，客死異鄉已夠傷痛，連屍體都不能運回，只能就地火化，真是情何以堪。

據船員告知，早晨由救護車急送醫院的，是今晚將由中國特技團

愛沙尼亞國會大廈全景

要在船上劇場表演走鋼索的女孩，因凌晨排演時，不慎失足墜落地上，受傷嚴重，送醫急救不治，已在上午死亡。

再據瞭解，特技團來自中國青島，團主姓劉，從事特技演藝行業已歷三代，在國內演出享有盛譽，最近四、五年來，時常遠赴國外表演，也多有好評。這次受船公司邀聘在北歐航程中演出，沒有想到特技還未登上舞台演出，卻先演了一場人間悲劇。

團主沉痛表示回國不知如何向女孩的寡母交代。同時說明，晚間表現照常準時演出，獨缺走鋼索節目。結果晚場觀眾全體起立默哀一分鐘，感動萬分。

特技行業中，走鋼索和空中飛人，原是難度最高、風險最大的兩個節目，必須經過長期嚴格訓練，達到熟練、精準、平衡、穩健、萬無一失的地步。但人畢竟不是機械，無法保證百分百的絕對安全，因之國際上常有所謂蜘蛛人或蝙蝠俠之類特技藝人高空失事的報導，那個十四歲女孩被稱為「走鋼索明星」的不幸事件，也祇是其中之一，但她那麼年輕，竟在一分鐘內就喪失了一生，應是最堪憐憫。

不過我在為那女孩悲悼之餘，引起一些聯想，中外歷史上走鋼索的政治人物，為數也不算少。即使現代民主體制下的很多政客，一朝權柄在手，便以君臨天下的霸王勢態，翻雲覆雨，恣意妄為，祇圖一黨一己之利，置國家安全與人民福祉於不顧，其行徑與走鋼索無異。祇是特技表演的走鋼索，一旦失事，受害者僅只演員一個家庭而已，但無仁無義的政客們在政治舞台上玩弄走鋼索惡劇，不但失敗率極高，受害者更是天下蒼生的黎民百姓，悲夫。

中國古訓，為政要恤民如子，運權如秤。治國要有臨淵履薄的

愛沙尼亞首都塔林市街景

警惕，行必慮正，無懷僥倖之心。而今舉世政壇，盛行走鋼索險招，後果將不知伊于胡底，可驚可慮，這是愛沙尼亞之旅給我另一個的啟示。

二〇一八年六月

千禧年的神祇

千禧年，光聽這三個字的名稱，就夠響亮動人。

全世界人類都以歡天喜地的熱烈心情，還帶著興奮的期待，迎接她的來臨，盼望新千禧、新世紀會有新的幸福與和平。

西元二〇〇〇年，是西曆的第三個千禧年。西曆是以耶穌基督降生的那一年為紀元的元年，是基督徒給耶穌最高崇拜、最神聖的獻禮。

自此以後，西方基督教國

家的曆本列出的年分，凡在基督出生前的年度，稱為 B.C.（Before Christ）；基督出生後的年度，則稱為 A.D.（拉丁文 Anno Domini）。雖然即使基督教內部教派對紀年的計算有不同的釋義，但絕大多數的西歐國家，至今都以 B.C. 或 A.D.，用為正式記載年分的曆本，並且早已推廣到全世界。

西曆在年度之外，還稱百年為一個世紀（century），現今世界所有歷史著作，或任何正式文本，一概把任何歷史事件發生的年代，稱為某世紀的或某年代的，讓人一目瞭然，可以清楚知悉那是百年或千年前的故事。所以西曆已是普世公認和通用的曆本，也把這通用紀元稱為公元（少數不同宗教國家仍採用自己的教曆）。

西曆除了稱百年為世紀之外，更把千年稱之為 Millennium，中文譯為千禧。不過千禧年的起迄年分，也有不同主張。一般較為自然的算法（如同世紀的起迄算法），也就是從西元〇〇〇一年到〇九九九年，稱為第一個千禧年；從一〇〇〇年開始到一九九九年稱為第二個千禧；再從二〇〇〇年開始，即是第三個千禧。西方基督教國家對千禧年的重視，不僅因為經過整整十個世紀年代的變更，更由於《聖經》上說：「主看一日如千年，千年如一日」（彼後3：8），所以把千禧年視為世紀盛事。現今舉世各國（包含非基督教國家）無不熱烈慶祝，迎接新千禧年和新世紀的來到，重商主義者，甚至認為那是主賜的千載良好商機。

西元二〇〇〇年一月一日，梵蒂岡天主教皇，向全世界發布千禧年和平宣言，世界各國元首或領袖，也紛紛發表祝賀千禧年的談話，全球人類隨之期待千禧年神祇的來臨。雖然地球上許多陰暗不見天日的角落，那兒有無數既貧又飢的人群，他們的哀號、不知何時可以上達天廷。因之有些人甚至會問：上帝是公平的嗎？

不幸，第三個千禧年來到後的次一年（二〇〇一），地球上就發生了舉世震驚的人為重大災難，也就是被稱為世界最大強權的美國遭遇了所謂九一一事件的恐怖襲擊。那是美國本土獨立以後史未前有第一次受到外來暴力入侵的首例，而且其目標對準美國首都華府和世界第一大都市紐約，災情和傷亡的慘重，難民驚慌逃命的情景，恍如世界末日。

其後幾年，接著美國發動了征服伊拉克的戰爭，又有入侵阿富汗的戰火，都與九一一事件的報復有關。還有中東地區各國宗教和種族的內戰衝突，加上恐怖頭子賓拉登和ISIS的恐怖組織，不斷對世界各國進行暴力騷擾，弄得全球各地無一寧日，看來這第三個千禧年的兆頭，不像會是平安吉祥的年代。

儘管如此，寓美的一些好友，在九一一事件發生之前就已策劃了一次南地中海之旅，預訂了以「文藝復興」（Renaissance）為名的郵輪艙位，由於同行中有多位在航運界俱是資深船長，以致獲得升等優待。依據他們的意見，地中海四周國家，大多是基督教起源時期和文藝復興時期有密切關係的地區，選擇這一航程，似乎多少期望千禧年的神祇，可以帶領我們能有機會與神同行。同時瞻仰文藝復興時代大師們在繪畫和雕刻藝術上種種偉大傑作。

因之旅途中，我們有些朝聖的心情，參訪了若干國家史上著名的古老教堂和博物、美術館，其中當然以梵蒂岡的聖彼得大教堂最為莊嚴雄偉，其旁博物館收藏的珍品也最為豐富。尤因我中華民國駐教廷戴大使的引導，參觀了一般旅客不能進入的教皇御花園，雖然其庭園布置不如當年北京的圓明園那樣華麗，但聽戴大使講解，那個御用花園，除了平時作為教皇休憩或招待貴賓之用外，在第二次世界大戰時更曾作為英、法、美等國駐義大使避難庇護之所，以避免交戰敵國（義大利）逮捕，可證神的恩典，無所不在。

之外，我們特地去了文藝復興運動的發源地佛羅倫斯（Florence）——大詩人徐志摩曾譯為翡冷翠，堪稱絕妙佳作——參觀了學院美術館，由於該館收藏了大量一代大師米開朗基羅（Michelangelo）的作品，聞名於世，其中尤以《大衛》雕像是文藝復興時期最負盛名的傑作之一。我們仔細觀賞，米大師雕工確是臻於化境。他不但把大衛身軀雄健整體呈現，甚至把大衛的肌紋、血脈、髮絲、眼神等等，一一在白色大理石上刻劃得纖毫無遺，他的刀工已達出神入化的妙境。可惜美術館的建築不夠寬敞，所以除了大衛雕像置於特定空間之外，其餘米大師的許多作品的展示，幾乎堆積在狹窄的展覽桌子或櫃枱之上，加上觀眾太多，不無擁擠之感。

航程駛出波瀾不驚的地中海，穿過直布羅陀海峽，進入浩瀚的大西洋，立即感到船身因風浪顛簸，稍有眩暈，但其他好友都是航海專家，照樣談笑風生，吃喝如常。好在航行時間不算太長，翌晨就已到達最後一個港口——葡萄牙的首都里斯本。

郵輪還未進港，第一眼遙遠看到的是一座高聳山頂上的基督紀念塔，頂端豎著一個巨大的十字架，讓來客從海上一望便知，這是基督教國家的象徵。也就在這裡，卻出現一件奇妙的事，令人感到是否屬於千禧神祇的靈異，不得而知。事隔二年之後，方知果然確有神靈的顯示。

一行人登岸進入里斯本市，照例先去參觀聖文森教堂、聖母瑪利亞教堂、萬神殿，以及在十五世紀興建的修道院等，感到莊嚴但並無

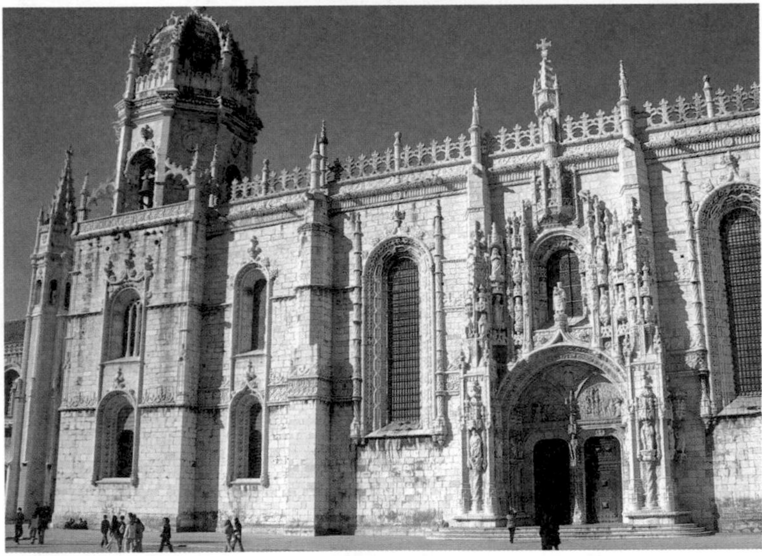

▲葡萄牙首都里斯本港口的巨型雕像　▼里斯本市天主教堂

太多特色，遊覽了幾處景點以後，參加我國駐葡萄牙代表處王代表的簡便午餐招待，席間有代表處的鄭祕書夫婦。內子 Angela 善觀氣色，且有靈敏的第六感，覺得鄭君伉儷面色蒼白，形容憔悴，於是詢問他們生活狀況，表示關切。據告係因長期睡眠不佳，並有夢魘困擾所致。

餐後，內子主動訪問他們的居處，感到他們住屋光線不夠明亮，還有一些怪異氛圍。交談之下，得知他們夫婦都有蒐集奇珍異品的癖好（hobby），所以室內陳列很多「寶物」，內子發現置在不很明顯的角落，有三塊孔雀藍色狀似琉璃瓦片的「珍品」，於是探問它們的來歷，據答是在里斯本當地某一教堂附近的空地草叢中撿獲，見其色質和形狀不錯，因之拾回放置客廳，成為展品之一。

Angela 稍經思考之後，給了他們一個建議：把那三片「珍品」，用至善的心意，妥慎包裝，並用恭恭謹謹的虔誠態度，送回當時撿來原地，把原物端端正正放回原處，並作禱告，求主寬恕。

我們離開里斯本之後，未再詢問那件事的結果。但二年後，鄭君致函他的老長官丁部長，請求代向我們致以最高的感恩之意，因為他們已經完全恢復健康。我們深覺欣慰，不僅是為朋友效勞一件小事，更為第三個千禧年剛一開始，就在我們的私領域內，顯示了神祇，神的慈愛永不止息。

二〇一八年六月

從時差說起

時差，對居住或經常往返於東西兩半球之間的人來說，往往造成相當困擾，即使處在同一半球，甚至同一國家之內，只要經度相差十五度以上（例如美國從東岸到西岸就分成四個不同時區，每區相差一小時），同樣會有時差問題。

你若一不小心，會撥電話給在深夜熟睡的親友，把人家從熟夢中驚醒，祇因忘了時差。或者你因記錯了時差後的日期，遲誤了航班的起飛時間，叫苦不迭。更甚者你若是從事金融匯兌、貿易、投資等業務的人員，如果稍一不慎，錯過了時差的重要時刻，可能遭致重大損失或喪失巨額利益的機會，後悔莫及。還有「空中飛人」常會一覺醒來，不知身在何處。

這是宇宙給人類的一種考驗。整個地球是圓球形的，它繞著太陽一年一公轉，地球本身又有太陽日的自轉，對著太陽的一面是晝，反之是夜。天文學家把這一晝夜自轉一圈的弧度，比照任何球體的圓周，依物理學的律動原理，同樣給地球的圓周分為三百六十度，再按一晝夜二十四個小時等分，每十五經度就有一個小時的差別，這樣就構成了自然的時間差別。

然而，時差的基本元素是時間，那麼時間是由誰制定的呢？這是宇宙運行的一個大問題，是上帝制定的嗎？《舊約聖經・創世紀》說：「天地萬物都創造齊了，到第七日，上帝造物的工已經完畢，就在第七日歇了工。」這裡提到了第七日，這個「日」是怎樣定的呢？《創世紀》第一章就說：「上帝稱光為晝，稱暗為夜，有晚上，有早晨，這是頭一日。」可見這「晝夜」，這「一日」便是上帝創造的時間。人類也是上帝所創造的，當然祇能遵從這晝與夜息的時間，不論人能活得多長多久，都跳不出這時間的範疇。而地球上居住在不同經緯度地區的人類，各有不同晝夜的時間，因之產生了所謂的時差。

既然地球上的時差，是由上帝創造宇宙運行結果的產物，按理不能違逆。但人類文明的智慧，利用科學知識，種種創新發明的結果能夠突破時空的障礙，解除時差的困擾。超音速的飛航器縮短了時間差距，萬能的 iPhone 更無視時間的存在，無論晝夜，不分東西，都能無驚擾即時傳遞資訊，於是時差有了變質。

有些國家，像美國為了節約日光時間，經國會通過，可由各州政府決定，在夏季規定夏令時間，把原有時間撥快一小時，被稱為節約日光時間。但由於各州決定並不一致，因之時差弄得更為複雜。其實早在第一次世界大戰時，德國就曾實行日光節約時間，第二次世界大戰時，美國也曾首先同樣實施，其後世界各國普遍採用，到了夏季結束，大家再把時鐘撥回一小時。這樣說來，時間可用人為力量加以變更。那麼不妨作個大膽的假說，或者也可說是一種擔憂，如果有朝一日，地球上出現一個狂人霸王，他狂妄下令全世界的鐘錶停擺二十四小時，也就是地球自然運轉作廢一天，等於把某年、某月、某日重複一次，讓那個年度多出一天。同樣如果聯合國大會為了某種理由通過決議，作出類似狂妄得不可思議的議案，豈非人類可以挑戰宇宙自然運行的序律？然則既能調快一小時，那又何嘗不可調多一天？何況狂人政客竄改歷史的罪行多得不可勝數，那麼擅改曆日，也就不足為奇，也許這是我的杞人憂天。

中華文化歷史悠久，在上古時代就有「天人合一」、「天人合德」的思想境界。一般說來，中國傳統思想家大多相信，自然秩序和人文秩序是和諧並行的。司馬遷作《史記》，就以「究天人之際，通古今之變」為職志。先民在原始農耕時代，那時尚無曆本，祇靠天時作稼，以「知天」、「敬天」為信念。直到夏朝開始有了曆法，那便是配合陽光分一歲為二十四個節氣，又依月球運轉定了朔望，給農耕和民俗活動訂出了時間秩序，這就是我們中國人所稱的夏曆，也稱農曆，隨之也有了年、月、日的時間觀念。

夏曆或農曆被中國和鄰近東方國家應用了二千多年，一直到了明朝（公元十六世紀），義大利人利瑪竇（Matteo Ricci）帶來以耶穌降生開始為紀元的西曆，在西風東漸的強勢影響下，亞洲東方國家跟著普遍採用，於是西曆既被多數國家認同，隨之西曆也被稱為公曆。

儘管不同曆法有其不同源流（如佛曆、回曆），但任何曆法的宗旨，無不從「天人之際」的和諧來思考，為人類生活秩序訂出一個共守的規則。當然在尚無洲際互動的古代，不會出現時差的問題，所以時差的困擾，乃是現代人的煩惱。

因之，時差和現代人追求時尚，在某種程度上會有類似的含意。譬如女子們的服飾、髮型、化妝等方面，必須講求時尚，不然會被看作落伍；同理，在各業劇烈競爭的時代，如果不能準確把握時差和時機，結果便是落後或落敗，最無情也很殘酷的是某些網上頻道，常把上世紀中葉熠熠閃亮男女明星當年英姿煥發的相片和現在衰老形象作成對比，證明時光決不饒人。

中國人有二句老話：「一寸光陰一寸金，寸金難買寸光陰。」美國在二十世紀流行一首小詩：

Backward, turn backward. O time in your flight.

Make me a child again just for tonight.

譯為：

倒退，回轉倒退，喔，你的時光在飛，

讓我再做童年，就在今夜。

兩者同樣意謂，人既不能創造時間，也不能讓時間停止或倒退，那就必須珍惜光陰，不要讓時光白白逝去像流水。

在我旅美寓居二十年間，先住東岸，三年後移居西岸，時差三小時，因常外出旅遊，或往返台美之間，加上夏令時間的變動，以致經常受到時差的困擾，撥錯鐘錶時針者有之，遲誤飛機航班者有之，煩勞親友迎送枉費時間者有之，甚至時差不合生理調適影響健康者亦有之，皆屬自尋煩惱。幸好二〇〇九年回台定居之後，不再飛來飛去，免了常受時差之苦。

近代科技快速發展進步，導致產生「人定可以勝天」的錯誤觀念。《聖經・箴言篇》說：「不可依靠自己的聰明，不要自以為有智慧」，凡有自傲心態者，應該引以為誡。

二〇一八年七月

由眾神登頂峰

美國中西部的科羅拉多州（Colorado），除了首府丹佛（Denver）以外，第二大城市便是科羅拉多泉市（Colorado Springs）。這個科泉市，山水風景壯麗，更有許多特色，包括她是美國位在海平面一英里以上，人口超過五十萬的高山城市，是雷電最頻繁的城市，是轄區內宗教團體最多（達到八十多個）的城市，是公園很多很多的城市（包括被稱為世界最美麗公園的眾神公園），又是被

派克斯峰頂最高點

聯邦政府指定為國家自然地標的城市。我和家人在二〇〇八年選擇了氣候最佳的八月，訪問遊覽了科泉市。

科泉市位於洛磯山脈東部邊緣、著名派克斯頂峰（**Pikes Peak**）的山麓，氣勢雄偉，景色奇異，每年吸引觀光客超過五百萬人，其中最具吸引力便是眾神公園（**Garden of the Gods**）。

顧名思義，這個眾神公園應該屬於多神論（**Polytheism**）的園地。

所謂多神論，是相對於一神論或一神教而言，這個園區既以眾神為名，加上科泉市內又有眾多不同宗教的團體，因之望文生義，想必公園之內會有很多教堂、寺院、廟宇等建物，但進到園內，舉目四望，不但沒有任何宗教性的建築，視界內所能看到的，卻是奇峰峻嶺、高山懸崖，岩石全是赤紅或赭紅顏色，大者如城垣堡壘，小者如獅首龍頭，形狀千奇百怪，好像都有吞人的態勢。而且那些巨石所處的位置，遠者豎在峰頂，似將搖搖欲墜，近者就在路傍，伸手可以撫摸，忽前忽後，忽左忽右，遊人如在石林穿梭，讓人嘆為觀止。

原來這座公園之所以命名為眾神，並非與宗教信仰有關，而是十九世紀中葉，科羅拉多州要為科泉市探勘市址，其中有位年輕探勘師，被那裡眾多的奇山異石所震懾，認為那些鬼斧神功的巍巍山嶺和奇形怪狀的壘壘巨石，決非人為能力所能雕鑿造成，必是眾神集體的創作，因之建議稱為 Garden of the Gods，蒙州府當局採納。隨後便成了科州最熱門的觀光景點。

遊覽勝地，免不了拍攝許多照片。回台之後，複閱舊日和家人在美國留下的相片，卻引發了想做個小遊戲的童心，我把其中一幀照片作為謎底，在和很多年輕朋友餐敘時，出了一個謎題，內容是：有一群人在一起，他們的身分關係是三個爸爸，三個兒子，二個爺爺，二個孫子，請問這一群共有幾人？這個看來是個簡單的算術題，但需要一點腦筋急轉彎。我要求一分鐘內提出答案，居然過了二分鐘尚無正確答題，將到三分鐘時，有位數學系畢業的朋友，答對了謎底，共有四人。這件餐時的餘興，卻成了我們眾神公園之旅難忘的回憶。

從科泉市攀登派克斯峰頂，要分兩個階段，一是先由眾神公園的

筆者與兒、孫、曾孫攝於眾神公園

派克斯山麓到山門的旅客中心，二是再從山門一路登高到峰頂。其實我在當時根本不知山有多高、路有多險，更不知登那座山有多大的難度。從海拔六千多英尺的科泉市出發，不斷向上行駛，但覺路面有些路段不完全是柏油或水泥鋪面，而是礫石路面，加上登山公路特多轉彎，所以感覺不但顛簸，還微有眩暈，因之在潛意識下，扣緊了安全帶，稍稍增加了自信心。好在半小時便到了山門口的服務中心，可以下車稍作休息。

中心內備有各種導遊資料，我隨意取了一份，閱讀之下，讓我大吃一驚，原來這是一條世界聞名的國際汽車爬山比賽道路，是全世界海拔最高的比賽場地，所以還有一個The Race to the Clouds「衝上雲霄」的暱稱。我們休息處的海拔已有九千四百餘呎，算是比賽的起點，峰頂的高度則是一萬四千餘呎，垂直落差達四千七百餘呎，賽道沿途共有一百五十六個彎道，其中有一處最驚險彎被稱為 Bottomless Pit（無底洞），倘若在此失手，即將墜落六千多呎的深淵（所幸尚未有此意外），汽車在這樣高度和難度的山路，進行爬車比賽，實在有點瘋狂，但每年竟有千餘人參賽，真是不可思議。

讀完資料，讓我想起李白的蜀道難詩，開首的詩句就說：「危乎高哉，蜀道之難，難於上青天」，四川多山，那個時代道路設施不良，又無機械的交通工具，其登山行道之難，如同攀登天梯，艱險可知。但現在汽車代步，道路寬闊，應該不致於有「危乎高哉」的恐懼感。孰料登程以後，一路連續陟坡拐彎，車輛駕駛幾乎多成斜行狀態，全程都要加足馬力否則恐有倒滑之虞。而且愈向高處行駛，空氣愈是稀薄，呼吸更有壓迫之感。幸好駕駛者（孫兒）技術高超，勇敢中帶著穩健，大約四十分鐘後，平安抵達派克斯峰頂。

出得車來，登高遠眺，極目四望，真是氣象萬千，無際無涯，偶有片片薄雲從腳下滑過，頗有天上人間之感。祇是同行大小十人之中，竟有八人感覺呼吸急促，無缺氧感的卻是九十歲的老人和一歲的嬰兒，好在山頂站屋備用氧氣供應，使用後立即解困。閒步高峰，心曠神怡，直到陽光西斜，臨別尚感依依。

這是我一生在這地球上，站到最高點的一次行腳，足跡的準確高度是 14,110 英尺，也是我投入大自然懷抱的巔峰紀錄，所以不能不記。

二〇一八年七月

速食王國

以速食品種類之多、市場之大、消費者之廣，以及食用之清潔及方便，美國要被稱為「速食王國」，實在當之無愧。

速食（fast food）之興起，絕對是適應現代生活需要的產物，特別是對一般平民大眾，既可減少家庭飲食的麻煩，又可減輕生活費用的負擔，這種大眾化的速食品，真是主賜恩典的傑作。

美國獨立建國，不過短短的二百多年，在大英帝國殖民時代，人民飲食習慣，大多是歐洲風味。之後，美國成為世界強國，但在飲食方面，並未出現有別於歐洲的美式飲食文化。有之，便是原來的歐洲食物，稍加美國化的方便而已，其中最普遍的便是速食。因之也可以說，速食便是現代美國飲食文化的代表作。

速食品種類繁多，如熱狗、漢堡、披薩、三明治……，其原始產地，無不來自歐洲，不過美國人逐漸在品質、調味、包裝、供應運送上，不斷加以改進，達到更為符合顧客的需求。以熱狗為例，最初在歐洲十八世紀時確有使用狗肉的疑慮，不合多數人的口味，後來全用豬或牛肉的香腸大受歡迎，而且所有這類食品，可以在店內食用，也可整潔包裝外帶，因之把簡單的便餐統稱為速食，倒是名符其實。

就我個人而言，我成長在講究美食的大陸江南地區，按理應該不會喜歡那些番邦異味，但事出意料之外，當我寓居美東賓州第一次和洋親家（Frank）在一家高爾夫球場球敘時，中途休息站正在燒烤熱狗，Frank 好意買了兩份與我分享，開始我因從未吃過這種食物，且其名稱類似狗肉，所以是吃還是不吃，有點猶豫，Frank 見狀立即向我解說，麵包內香腸是牛肉做的，請我放心食用。於是我仿效他加添一些酸菜、洋蔥和番茄醬等佐料之後，張嘴大咬一口，竟覺美味可口，是速食上品，以後成了我打球時嗜好的食物。

至於為何用個「狗」字，我的洋親家是第一次世界大戰後從德國移民美國的歐裔第二代，據他告知，那種梭形麵包內嵌香腸的食品，最早在十三世紀德國的法蘭克福市（Frankfurt）就有人製造，頗受消費大眾歡迎，因之逕以 Frankfurter 為名，還曾上升到宮廷宴會的菜單。可是後來因為統計資料顯示德國狗肉消費量大增，被影射有使用狗肉之嫌，後因實際證明兩者並無關聯，所以暢銷如舊。直到十九世紀，有位德國人把這速食品帶到美國製銷，同樣大受歡迎，在新聞媒體的宣傳下，很快成為人人喜愛的速食。特別一位卡通漫畫家在時報刊出他的作品稱之為 hot dog 之後，更是瘋迷全美，凡是足球、棒球、籃球熱賽場外，無不聚集大批 hot dog 攤販，看賽觀眾也無不人人手執二支或三支，替代便餐，以至今日，熱狗已經成為全美最普遍、最價廉、最大眾化、最潔便、又最可口的速食品。由此我也瞭解，美國的飲食文化，不在講究食品的精緻化、高質化，而在於善用商業上兩句最簡單的基本原則：「物美價廉、薄利多銷」，以使美國的速食品能夠行銷全球，無遠弗屆，無愧為「速食王國」。

再舉兩個最顯著的實例，首推便是星巴克 Starbucks 和麥當勞 McDonald's。

星巴克現在是全世界最大連鎖營運的咖啡店，它在全球七十五個國家內，開設了13,725家直營店，再有14,064間特許經營（franchise）分店（二〇一八年統計）。我在一九九〇年代，曾有三次光顧到西雅圖派克市場星巴克原始開辦的本店，其時它的店面，並不十分寬大和華麗，但咖啡品味和服務態度，確是不同尋常，也供應其他速食品。後來他們推出了一則廣告：「每啜一口、回味無窮」（Make every sip more rewarding），吸引了成千成萬的咖啡客，星巴克很快成為全球咖啡店的第一品牌。據我所知，台灣有家知名的陶瓷藝品公司，承接了星巴克一筆咖啡杯的定單，一次訂購數量是二千八百萬套，其營業量之巨大，可想而知。

但眾所周知，美國本土並不出產咖啡豆，星巴克經營咖啡飲料事業，竟能獨步全球，必有其特殊的經營文化，我以為「新、速、實、簡」四字足以代表。另有一種美國飲料Coca Cola，同樣美國本土並不出產古柯葉，但可樂行銷全球，達到每日十八億瓶的驚人紀錄，可稱世紀一絕。

另一實例是麥當勞，如今已是全球最大、最普及的美式速食餐店，它的招牌食品漢堡，其口味之受人歡迎，全世界不分男女老少無不喜愛。我第一次光顧麥當勞餐廳，是在賓州的一個小城，最先進入我的視線，是店旁有塊小園地，在那花木扶疏的草坪上，還有很多不同種類的兒童遊樂設施，顯然麥當勞不僅製作美味速食，更顧及到食客全家大小同樂的需求，讓麥當勞的牌名婦孺皆知。雖然以後遍地分店，不能一一做到同樣要求，但它的方針不失其為成功經營的要素之一。

談到麥當勞，於我自己卻有一段小故事。大約四十年前，女兒

Joyce 自美來台，和我商議一事。她說，她與麥當勞總部有點交情，可以取得 franchise 授權，在台灣開設以麥當勞為招牌的速食餐店。其時麥當勞的名氣還不很響亮，而且我是公務員，當然不能兼營商業，加上那種美式速食，大概不會受到習慣燒餅油條華人的喜愛，所以我婉言否定了她的投資建議。孰料二年之後，台北第一家麥當勞店開張，生意興隆，門庭若市，其開店首日營業實績，竟被列為麥當勞全球分店首日業績的最高紀錄。事後親友們笑我自己不懂經商，還擋了女兒財運，我只能付諸一笑。平生一介布衣，與錢財無緣，也稍知「**得者時也，失者順也**」的哲理，故爾無憾。

回歸速食王國正題，其實貿遷有無，互通往來，各取所需，公平交易，原是經商的基本道理。美國速食文化之所以亮眼，有其自由、平等的立國精神，為其工商發展的歷史文化背景。可惜時至今日，國際間商務貿易劇烈競爭，到了「喜怒相疑、善否相非」的地步，天下焉能不亂，倒是可憾可嘆！

二〇一八年八月

代溝苦惱嗎？

別看這普通二個字的字彙，卻是人間文明社會許多煩惱，甚至痛苦的根源。

這個「代溝」（Generation Gap）的名詞，現在大家都是耳熟能詳，但在一九五〇年代之前，全世界的大辭典和百科全書包括西方的《大英百科全書》、《韋氏大辭典》和中國的《辭源》、《辭海》等等，都還沒有這個名詞的記載，可見「代溝」這個名詞，是二十世紀後期的新穎產物。

的確，「代溝」起源於一九六〇年代。當時二次大戰後出生所謂嬰兒潮的孩子們，已逐漸成長為青少年，他們那一輩的年輕人，幾乎無一事不跟上一代的父母或再上一代的祖父母唱反調，在生活上、言語上、行為上、信仰上、觀念上都和他們上代長輩們的傳統習慣，甚至禮貌規矩都不一樣（尤以西方社會為甚）。他們使用他們創造的俚語和文字、異樣格調的音樂和繪畫，讓上代長輩們完全不懂年輕人之間所想的是什麼、所說的是什麼，以及所聽的是什麼，以致上下代與代之間的隔閡，愈來愈多，也愈深，構成了奇形怪狀的代溝。

雖然世界上大多數人對此有感覺，但對它影響所及的效應，缺少嚴肅的重視。一般人的態度，大都認為那是時代形勢的潮流，難以遏阻，於是「代溝」就成了跨世紀社會變革的一項動力。

後來西方學術界開始注意探討這個現象，依據他們研析，那些新世代的年輕人又可分為四個世代：從一九四六年到一九六四年出生的是他們的第一代；從一九六五年到一九八〇年出生的是他們的第二代；往後從一九八一年到二〇〇〇年，再從二〇〇一年到現在，分別是他們的第三和第四代。但最諷刺的是，他們的隔代之間也同樣有代溝，同樣是下一代與上一代有不同的思維和觀點，有不同的生活型態，探其原因，二次世界大戰後，接著又發生韓戰、越戰，美國都是主角，全美民眾都有厭戰反戰心態，加上經濟景氣衰疲，以致民心不安，特別年輕人對上一代所作所為高度不滿，乃有叛逆心理。這種變態，究竟是人文進步的現象，還是人類的愚昧？不得而知。

有些社會學家認為，青年人常以為成人社會是保守的、固執的、反潮流的，而且是既得利益的；反之，成人社會視青年人缺乏工作經驗、懶散、不負責任的、急進的、不識大體的。如此互以主觀態度界定對方，因之代溝會永遠存在，老人們會更孤寂。這種論調，無疑給社會添了極大隱憂。出版界也紛在辭典書中出現了「代溝」的定義，英國的牛津字典、美國的韋氏（Webster）字典，都有釋義，內容大致相同。一九八六年台北三民書局出版新編的大辭典，列有代溝的釋義，其文為：「**上下兩代之間對環境事務的看法及思想、見解的差異與距離**」，簡明扼要，倒可用作「代溝」的簡易注解。

在這波新浪潮中，中華文化的倫理傳統，重視孝道，無疑成了中流砥柱。中國人自古以來所受教訓，百善以孝為先，民間二十四孝的故事，更是深植人心，子遵父命是天經地義，是千年不易的為人之道，當然代溝現象在中土，絕無可能，否則將被視為忤逆不孝，斷難立足於社會，因之二十世紀後葉，以美國為主的代溝洪流，對華僑社區的沖激，還不算嚴重。即使少數華人家庭的子女不免隨波逐流，思想偏激，但傳統倫理教育的潛在力量，無形中還有約束作用，不致形成全盤對立。

我有一位極好的朋友，夫婦兩人都是高級知識分子，他們的兒子，聰穎好學，在建中畢業後，考進台大電機系，學業成績優良，取得電機學士後，又遵父母之命進入美國名校，繼續得到雙電（Double E）碩士，依父母意見，希望他再進一步，讀完電機博士。但在這個時候，兒子說了實話，他說：「爸媽，過去六年所讀的書，全是為了遵照您們的意思而讀，實在並不是我本人的志願和興趣，以後我想轉讀戲劇，因為那才是我的志趣，請求爸媽允許。」這樣的情景，豈非就是代溝？然而以中國人的智慧，處理類似問題，不致形成對立，最後父母尊重兒子的意見，讓兒子在美國轉讀戲劇。後來這位優秀青年在戲劇界光芒四射，成了傑出的知名導演楊德昌，結果不僅家庭和諧融樂，也代表華人世界成功地演出了一齣處理代溝的喜劇，或許可以作為應對代溝的範例。

我在一九九〇年代初赴美寓居期間，正值代溝的所謂第三世代，還是看到或聽到很多美國家庭，其子女或有離家出走，或當了嬉痞（hippy）或甚至輕生，為父母者種種無奈與無助，但因文化背景不同，除了寄予同情之外，不便有所評論。至於我自己家中的第三代，雖然全是中美混血兒，但他們身上至少還有一半是華人血統，不致全盤西化。可是有一次我問孫子，將來成長後最想做什麼？醫師？教師？律師？工程師？其時他年齡八歲，很爽快地回答，他想做quarterback（美式足球賽中的四分衛），我覺得有些意外，但轉想這也是在情理中，因為他從學校和家庭電視得到的知識，四分衛乃是風雲人物，他作這樣天真直率的回答，實也無可厚非。因之我繼續對他說，那個四分衛需要很大的勇氣和體力，他回答說：「我知道，我會努力。」小孩子的童言童語不能當真，卻也算「其志可嘉」。

我一直認為，代溝是可化解的。因為上一代人也曾年輕過，不也是從青年時期走過來的嗎？那麼他們應該具有瞭解下一代人思想觀念的經驗。有了這樣共識，那麼兩代之間的歧見和對立，應該可以化解。現在國際間政治、經濟，甚至軍事方面常有各種衝突，不也儘可能採用以 negotiation 替代 confrontation 嗎？何況家庭間的親子磨擦，自然更易透過溝通協調得到和諧。我曾經妄言，古典的交響樂曲很難與現代的搖滾樂融合一體，這話實屬錯誤。因為現在二十一世紀年代，法國首先創作了《搖滾莫札特》，把古典和搖滾熔於一爐，為代溝的消除，作了最佳的見證。因之我對化解代溝是樂觀的，祇要上一代人對下一代人多付出一點包容和寬諒。甚望在上一世紀產生的逆流浪潮，能在本世紀從此得以弭平。

不過有很多人不能認同這樣過於樂觀的看法，因為現在時代和上世紀或上上世紀大不相同。以前百年、千年的生活環境和治事規範，始終沒有太大改變，是以上一代人可把既有經驗傳承下一代人，且有實質助益。但現今科學發達，突飛猛進，一日千里，年輕人學習或使用的電子軟體和電子產品，上一代人不僅未曾見過，學習跟進更不容易，於是二代或三代之間，在認事觀念上，自然產生很大落差，溝通融合既有困難，代溝將會永遠存在。

我無法拒絕接受這樣的理論，祇能默然無語。

二〇一八年八月

不期而遇

在沒有預先約定、二個或數個相識的友人、在未知時間和未知地點突然相遇見面，讓雙方都感驚喜。這種不期而遇的快樂，相信大多數人都曾有過這種經驗，所謂「他鄉遇故知」，還被列入與「洞房花燭夜、金榜題名時、久旱逢甘霖」並稱為人生四大樂事，其樂可想而知。但如發生在素不友好或甚至有怨的人之間，那便成了冤家路窄十分不樂之事。

中國歷史有一則傳奇性不期

而遇的故事，相傳二千多年前楚漢相爭時，有一天張良經過下邳，在圯上遇一老丈，那老丈故意將鞋子一再遺落圯下，而張良一再將鞋拾起並為他穿上，數日後兩人再在原地相遇，老人又多所刁難，張良不以為忤。那老丈就是黃石公，認為張良孺子可教，授他一本《太公兵法》，並說：「讀此書可為王者師父。」後來張良佐劉邦敗楚滅秦，建立漢朝，全因熟讀那本《太公兵法》，運籌帷幄，決勝千里，厥功至偉，成了漢初三傑之首。追根溯源，便是那次他與黃石公的不期而遇所致。

另外歷史上也有一則不期而遇但不快樂的故事，春秋時期，陽貨（魯國季桓子專政時的權臣）想見孔子，但孔子不欲見他。於是陽貨給孔子送一頭乳豬作禮物，企望孔子回拜。孔子選擇陽貨外出時往訪，不巧恰在途中不期而遇。孔子刻意避見陽貨，原是不屑一見，但事與願違，因之孔子栖栖不悅。

我們還有一句俗語：「無巧不成書」，形容「巧」字乃是許多故事構成的「緣」和「因」，所以無論不期而遇是快樂或不樂，其為巧遇或巧合，則可肯定。

我在寓美期間，記憶中至少有二次非常愉快的不期而遇。其一是一九九〇年，我與內子從紐約甘迺迪機場搭華航班機返台，未料在候機室內，巧遇陸以正大使夫婦，他們剛從駐瓜地馬拉大使卸任歸國，中途要在紐約轉機，因之喜出望外，彼此寒暄擁抱之外，稍頃登機時，更知我們四人座位相距不遠，於是起飛之後，互換座位，變成男生女生各坐一排，以便聊天。從暢談中，得知他將調任駐南非共和國大使，極為高興。他的文章，他的丰采，素為國人景仰，而言談之間，更清楚認識以正兄確是一位剛毅正直、守信重義、憂國憂時、有為有守的國士。他在退休後，發表新書《微臣無力可回天》，充分表露書生報國的情懷和浩然正氣的胸襟，一時洛陽紙貴，不愧為狀元公的後裔。

另一次快樂的不期而遇，是在我家從美東遷到美西舊金山的東灣區。一九九四年的某一天上午，我和內人同去超市購物，依美國家庭生活習慣，男生負責推動購物車，女的負責選購物品，我家居住的Moraga小鎮，人口只有一萬六千人，卻有三個規模不小的超級市場，當地居民各按其方便和喜好選在三家中任何一家購物。是日我們在Safeway推車行進，迎面而來的一對夫婦也正推車過來，突然間大家停住，對方的女士不禁大聲喊道：「妳不是Angela嗎？」我也同時向對方男士發問：「嗨，你不是振宇兄嗎？」彼此又同聲說：「真巧真好啊！」

原來關鏞大使從駐中美洲哥斯大黎加大使卸任退休，移居美西。

他是資深外交家，曾經擔任過駐南非共和國、沙烏地阿拉伯等國大使，也曾任外交部常務次長。當年他在次長任內，常陪外賓晉見經國總統擔任翻譯，我和他就在那段時期較為熟識，而久未見面之後，竟在美國一家超市不期而遇，其樂可知。更因我們同在一鎮，住處又很接近，於是時相往來，經常歡聚，他們伉儷都是牌藝高手，因之方城之戲更成為聚會的主要項目。直到二〇〇九年底，我家遷回台灣定居，十多年時光在他鄉遇故知的歡樂，都是那次不期而遇帶來的結果，迄今難以忘懷。不過關夫人於二〇一六年在美病逝，思念故友，不禁愴然。

儘管不期而遇的光景，大都是件樂事，不過有時也會造成不小的尷尬。因為記憶力跟年齡常有反差，多年未見的舊友，偶然不期而遇，竟有似曾相識的模糊，一時記不起他的尊姓大名，於是假意寒暄，說幾句不著邊際、毫不親切的閒話，著實覺得失禮，甚至讓對方誤會，以為我太無誠意，反使原有的友誼變得生疏、不無遺憾。而我相信，凡是上了年紀的朋友，都可能同樣有此經驗。唯一希望，祇求大家彼此包容海涵。

很多人不免要問，這種純由上天安排，自然出現的不期而遇的機率有多大多小？有無科學方法可以推算？可以預知？我想恐怕無人知曉，大概只有上天知道。

仔細想來，各種不期而遇，都是天、時、人、地多種因素的奇妙配合，在分秒不差之間的「巧」遇，也就是自然法則下的「巧」合，其機率之微小，雖不是零，但也幾乎等同於數學上的無窮小。也就是任何一個數字，予以1／2等分後，繼續1／2，到無數次的1／2，最後結果是無窮盡的微小，卻永無法歸零。所以不期而遇，只能說是機緣，決非人為能力預備所可作成。

可是現在周旋於政治舞台上的許多政客們，常常使用反自然的手法，刻意去製造人工的不期而遇，使二個「王不見王」的政治人物，各別保持起碼的矜持，在某個場合，製造「預期」的「不期而遇」，玩耍爾虞我詐的政治小把戲，可笑亦復可悲。

哲人胡適之先生說過，世間有三種無窮盡（infinity），宇宙的浩闊、數學上的無限大與無窮小，之外，應是人類的愚昧，那種人為的不期而遇，只是人類愚昧的一小點而已。

二〇一八年八月

八十在太浩

一九九八年，旅美已有八年，期間忘了春夏秋冬，也忘了炎陽風雪，更忘了自己老之已至，到處遊山玩水，但就是不能忘記孔老夫子所說「隨心所欲不逾矩」的名訓，可以隨心，卻不可任性，超越了方圓規矩。因之，我曾妄想把那古訓另作別解，改為「年過七十，只要心中喜歡，愛做什麼，就做什麼，都不算逾矩（當然不包括犯法）」。這樣妄解，不免要被認為離經叛道。可是孔老夫子的《論語》，被歷代學者作不同注解者多矣，連明儒朱熹的《論語集注》都曾被斥犯了十大罪狀，區區我的謬論，自然微不足道了。

那年我是八十歲，在美加地區的張家人，知道我喜好旅行，所以建議作「八十之旅」為我慶生，我欣然同意。大家要我選擇地點，我毫不遲疑地說 Lake Tahoe，大家認為那兒我已去過二次，便問何以再要三次，我直率地答：「因為我喜歡太浩。」

我不誇張地說，太浩湖真似神話中的天堂樂園，人間仙境。Lake Tahoe 國家公園位於北加州和內華達州（Nevada）的交界邊境，湖面海拔高度一千九百公尺（日月潭海拔高度的二．五倍），是北美最高最大的高山湖泊，湖的面積有四百九十平方公里（日月潭面積的六十一倍），湖水澄清，深不見底，最深處達到五百公尺。湖的四周，青峰翠巒，森林蒼鬱，湖面每一角落，都有秀麗的景致，真是湖光山色，美不勝收，足以任君逍遙徜徉。最美妙處是大湖中還有小湖，小湖中還有神祕的小島，薄霧中恍似愛麗絲夢遊中的仙境，因她全身披著綠色的樹林和綠蓊的小丘，看來就像一顆高貴翠玉，因之就被命名為翡翠島。島上曲徑深處，可以通幽，善於尋幽探勝的旅友，這兒便是絕佳處所。

太浩湖還有很多特色，湖水終年不會冰凍，所以周邊遊樂設施如划船、游泳、潛水、滑水等應有盡有。相對地，湖的四邊崇山峻嶺，峰頂終年積雪，因之被國際奧會看中，曾在這兒舉辦冬季奧運，其環境之美，可想而知，無疑是四季咸宜的旅遊勝地。再加上湖濱沙灘邊和半山腰五星級旅店大廈林立，裡面多的是豪華 casino 賭場，難怪太浩每年吸引五、六百萬的觀光旅客。

那年八月七日（農曆六月十九日），我們一行二十七人，清晨從舊金山東灣區出發，由80州際公路向北行駛，約一小時先抵加州首府沙加緬度（Sacramento），再轉50號公路，一路向上爬行，約二小時後，到達太浩湖市區，進住預定旅館，安頓就緒後，立即趕到湖濱碼頭，包租了一艘可供三十多人乘坐的Wheel boat（輪舟），舟的後尾有二個很大的軸輪，其中裝置十片槳板，按電鈕啟動，巨輪開始旋轉，十塊槳板接著輪流打擊水面，鼓動船身向前行駛。這種輪舟在十八世紀時代曾是美國密西西比（Mississipi）流域的主要航行工具，而今坐在船上，頗有古意盎然的快感，並且船頂上還有一個平台，可以三百六十度遠眺整個湖面，飽覽湖山風光。

「是日也，天朗氣清，惠風和暢」（借《蘭亭集序》句），朝陽照著麗水，浮光耀金，人人心胸海闊天空。船隻一路環湖行駛，大家拿著相機，紛紛尋找目標，攝影留念（那時還無智慧型手機），鏡頭所及無不是青山綠水，太浩勝狀，盡收鏡底。特別是沿湖倚山傍水一幢幢紅瓦白牆的別墅小屋點綴在綠蔭之間，格外顯得豔麗，加上藍天白雲，晴空萬里，好一個仙境所在，心想馬克・吐溫的讚詞：「太浩湖是全世界最美的地方之一」，確非虛語。

舟行半途，已過午餐時分，遊船停靠一處碼頭，大家捨舟登岸，循著林間步道，拾級而上，進入一家餐廳，布置得整潔典雅，只是大家遊興正濃，所以僅僅吃了一些簡便速食，隨即返回船上，繼續遊湖之行，雖然停留景點不同，但湖山面貌大致無異，直到陽光已漸西斜，大家興盡，輪舟駛回起點碼頭，向太浩湖道別。

大家回到旅館，稍事盥洗休憩，又要驅車駛到卡笙市（Carson City）進行當天的主要節目——慶生餐會。

卡笙市離太浩湖大約一小時車程，是那個區域內的第一大城。我

八十歲生日和家人遊太浩湖時攝

的晚輩中有個楊姓的舊友，在卡笙市內經營一家中國餐館，預先約定就在那兒舉行慶生餐會。當我們抵達時，進門一看，大廳正面貼了一個大紅壽字，天花板牆壁四角還掛了許多彩帶，顯然是楊老闆為人熱誠，給我做了祝賀的布置準備，內心十分感謝。

席開三桌大家分別入座，除了享受當地佳餚和不停敬酒祝我生日快樂之外，餐館還有卡拉ＯＫ設備，於是大家紛紛爭相獻唱，有的還唱京劇和黃梅調，氣氛熱到高潮時，有人提議要請壽婆高歌一曲，她義不容辭，唱了一首她的拿手英文歌曲，獲得滿堂掌聲。末了大家一致要求壽星也要唱一首歌，但我自忖歌不成調，甚難獻醜，而又不便拂逆大家熱情，於是我建議可否講個故事作為替代，大家高聲說好。不過，我又補充說明，這個故事，其實也是個謎語所以要請大家合作，最後要給謎語出答案，大家也表同意。

我講的故事是：從前有個員外，家境富裕，生有二個兒子，都還孝順，也算知書達理，後來員外年紀漸漸大啦，二個兒子也將分別成家，他想把財產分給兒子，但不想各給一半的公平分配，而要測試他們的智慧。所以有一天他對兒子說，這裡有二匹馬，一匹白馬，一匹黑馬，你們各騎一馬，從家門口出發，到達縣府大衙門口，哪匹馬後到者為贏，分得財產六成，敗者得四成。於是兒子遵命，兄騎白馬，弟騎黑馬，但上馬之後，立即感覺騎馬比慢，卻是難題，兄弟二人一直在馬上原地踏步。如此則將永無到達縣衙之日，躊躇良久，他家的老管家走到他們面前，分別向兄弟二人耳邊悄悄說了一句話，二兄弟隨即跨上馬背，快馬加鞭，飛奔縣衙大門，勝負立顯。請問那管家跟弟兄二人的耳語說的是什麼話？如果二分鐘內有人提出準確答案，我飲酒一杯。

話題一出，大家沉靜思索，一時餐廳內寂寞得鴉雀無聲，顯然都在搜索答案。到了一分五十秒，限時將到，卻有二位晚輩，同時舉手，答案是兄弟換馬快馳，完全答對。謎底既然揭曉，壽星主動罰飲二杯，大家圓滿歡喜，各返旅館，有的回房休息，大多數人則進賭場試試運氣。很多人勸我，今日壽星，也應進去一試，必定財神臨身，因我平時從未對 casino 的任何賭玩發生興趣，所以不想進去，但在眾人勸駕之下同意一試，不過我事先說明，輸贏以二百元為限，並且選了 slot machine，因為自己可以操作。結果二十分鐘之後，果然滑進了二百元的籌碼（token），我便停手上樓入睡，預備明晨再作高爾夫球戲。

太浩湖區共有六個高爾夫球場，球道蛇行於山谷之中，穿梭在松柏樹木之間，各有特色。我和一位晚輩選擇了距離我們旅館 Harvey 酒店很近的 Lake Tahoe Golf Club，那裡的場地設計，靠近湖邊，擊球難度不算太高，有揮桿於山林湖水之間的樂趣。晨七時按預定時間進場，仰觀朝暉翠嶺，俯瞰浩湖碧波，小白球飛山越溪，其樂無窮。十時稍過，十八洞擊球完畢，回到旅舍，收拾行囊，大家各自歸計，返抵家門，已近黃昏矣。

兩天暢遊既罷，倦容疲態畢露，方知真的老之已至。我已進入八十階層，豈能再效東坡的「老夫聊發少年狂」！（其實那時的東坡還不到五十）

二〇一八年九月

驢象的無辜

在我寓美頭尾二十年期間，實地看到了五次美國總統選舉。第一次是一九九二年原任總統共和黨的布希落敗給民主黨候選人的柯林頓，布希成了祇當一任的總統，跌破世人的眼鏡，大多認為意外。之後的四次選舉，民主黨與共和黨各勝兩次。大體來說，兩黨輪流執政，已成常態，也被普世肯定為現代民主政治的典型體制。

二十世紀初葉，胡適之先生曾說，他在美國前後目睹六次美國總統選舉，其中五次都是民主黨勝利，直到一九五二年，共和黨邀請艾森豪為美國第三十四屆總統候選人，依他判斷，艾克應可獲勝。選舉結果，艾克果然當選。胡先生認為，這不僅因為艾克聲望崇隆，也是美國的民主精神所在。

可是進入二十一世紀，民主政治的變質愈來愈明顯，甚至讓人懷疑，這由資本主義推動產生的民主自由思想進而創造的民主政治，究竟是否可以算為良好的政治制度？世界上許多學者開始批判，凸顯現代文明下的所謂民主政治種種弊病和缺點，但在沒有更好的制度出現以前，仍然認為英、美等國三權分立的國家政治體制還是最好的民主政治。

就在這種論點的掩護下，以美國為主的民主質變最為顯著。透過選舉，取得政權的政黨可以操縱一切，連三權分立的基本精神都可不顧。因之選舉就成了競奪政權的不二途徑。形式上，選舉當然是民主政治的主要象徵，也所以政黨要竭盡所能到了不擇手段的地步，來爭奪總統大位，於是選舉成為政黨鬥爭的代名詞。在競選活動的過程中，千奇百怪的花招紛紛登場，相互攻訐者有之，漫罵者有之，造謠、編謊、構陷等等無所不用其極，選舉戰場就是沒有硝煙的殺戮戰場。上世紀前民主選舉的優良品質掃蕩殆盡。難怪輿論媒體會把美國二〇一六年的一場總統選舉，貶為「瘋子」和「騙子」的選戰。很多可笑、可卑又滑稽的故事，都是驢子和大象成了無辜的代罪羔羊。

這裡就不能不談談那二種都有四足但屬不同類科的哺乳動物。驢子體形似馬，兩耳較長，性溫順，刻苦耐勞，能馱重物，能走長途，戆厚樸實，聽從使役，但牠也有固執的驢子脾氣，招致人們常會使用「笨驢」、「蠢驢」等不雅名詞糟蹋人家，像美國人就用 ass

或asshole來罵人笨蛋。不過宗教界人士卻說，耶穌進入聖城耶路撒冷時，騎的是驢子，似乎把驢看作神物。

象在野生動物中是身軀最龐大的動物，盛產於非洲和亞洲的印度，牠肩高可達三公尺，軀長可達九公尺，體重高達六千公斤（母象較輕），四條粗腿，壯如四根大柱，耳殼大如扇狀，眼小而視覺敏銳，牠的長鼻可隨意運動，可伸縮捲曲取物，也可吸水噴灑洗身。牠的兩隻象牙，每隻長達三公尺，重達九十公斤，卻被人們視為珍品，可以裝置作為擺飾，更可分割雕製成為高貴精品，因之大象成了人類的獵物，在大量獵殺之後，野生大象生存大受威脅，以致聯合國乃有禁止象牙貿易之議，但是人類貪婪之欲難抑，以致迄今仍未禁絕。

然則不免要問，驢子和大象怎會和美國的兩大政黨扯上關係？是牠們的屬性和二黨黨性有相似之處嗎？是經過兩黨黨員大會票選牠們作為兩黨的象徵嗎？世界上還有其他民主國家的政黨以動物為黨的標誌嗎？答案都是否定。

我問過很多美籍友人，大多不知其詳，經過查考資料，方知原是出於偶然的意外，其經過說來話長。

最初早在一八二八年，創立民主黨的傑克遜（Andrew Jackson）競選總統，對手是時任總統的亞當斯 John Adams）。眾所周知傑克遜性情火爆，常用激烈的語言攻擊亞當斯，於是有一些親亞當斯的支持者，反譏傑克遜是一頭愚笨的「蠢驢」，孰料剛烈的傑克遜非但不怒，反將驢子納入他的競選海報，並稱他本人就像驢子一樣具有堅忍、忠誠、耐勞等優點，於是公驢就成了傑克遜的代號。到了一八七八年，一位親共和黨的畫家，畫了一幅《活驢踢死獅》的漫畫，驢子身上寫著「銅頭民主黨人」字樣，死獅則指名是林肯總統任內已死的作戰部長史丹頓（Edwin Stanton）。畫面顯示驢子用兩條後腿猛踢死獅，乃被共和黨人反諷民主黨人刻薄，連死者都不放過。於是後來媒體就經常把驢子跟民主黨劃上等號。

一八六四年，共和黨總統林肯競選連任時，有一份親共和黨的報紙，刊登了一張漫畫廣告，畫了一隻快奔的大象，在牠的長鼻上，插了一幅飄揚的長條旗幟，上面寫著：「大象來了」，又加上「勝利、勝利」二個大字，自此大象便成為共和黨的標誌。

以後一百五十多年，兩黨不但認同畫家們所畫的兩種動物作為象徵，而且每次競選活動也都各把驢子和大象為其「吉祥物」用來爭取選票，十分可笑。實際上兩黨互相強烈攻擊，選質日趨粗暴卑劣，早把民主選舉視為政黨鬥爭的戰場，戰火的無情和殘酷，不亞於鎗炮炸彈，不幸兩種馴良的動物，卻成了選戰中站到火線上的犧牲品，也是競選期間被媒體最常用的「關鍵字」，驢子和大象真是無辜。因為牠們本身並無犯錯，不該成為「瘋子」和「騙子」的替身，牠們受此玩弄，豈不太感委屈，「吉祥物」變了「不吉祥物」。

二〇一八年第五十五屆金馬獎影展，得到最佳劇情片獎的《大象席地而坐》，我還不知片中劇情內容，可是我從片名推想，那隻滿洲里動物園內的大象，肯定對於動物園給予的管理或待遇有所不滿，但牠不用暴力反抗，而竟採取了印度聖雄甘地不合作抵抗的方式（印度是產象國家），用靜坐表白抗議。牠的坐著不動，並非牠在自怨自艾，而是等待最佳時刻，伺機而動。所以那部影片的啟示，是把人與象對比，指出人在無助的時候，不能失去希望，就像那隻席地而坐的大象一樣，沉著應變，伺機而動。

我很希望，美國的漫畫家們，不要再把驢子和大象作為政黨鬥爭的標誌，不要再用牠們當作「瘋子」和「騙子」的符號，而應創新漫畫構想，用理性思維，畫出驢子和大象的智慧和勇氣，不再瘋狂，不再撒謊，還能靜坐對談，必將有助於美國民主政治品質的遷善改進。

但願我的希望，不是白日作夢。

二〇一八年十月

直布羅陀

「直布羅陀」這四個字的地名，從我童年時就覺得好聽，並且對它有特殊的印象，原因是讀初中二年級時，那位禿頂的地理老師（可惜我記不起他的姓名），他的講課方法，不僅口授，而且手足並用，有時還帶肢體動作。譬如講到登山看日出時，他就先在講桌後面蹲下，把桌面當做海平面，然後用他光亮的禿頂腦袋，從桌子後面逐漸升高，以示旭日東昇，逗引學生大笑。又如講到某處山峰時，他就拿把椅子，趴上椅面，拱起背脊，超過講桌高度，像京劇布景的假山，把講台當舞台，班上同學，無不歡迎。

講到外國地理歐洲的伊比利半島時，他講述直布羅陀位於半島南部的尖端，和非洲西北部的摩洛哥遙遙相對，是兵家必爭之地，也是控制大西洋與地中海的出入口，巨岩山頂上的堡壘砲台，就好比掌握了人的咽喉，於是那位老師就用雙手揑住了脖子作窒息狀。同時他還順手把上一課數學老師留在講桌上的一塊大型三角板，當作直布羅陀的巨岩，豎立在桌面上，象徵巨岩的雄姿，同學們個個留下了深刻的記憶。

另外，還有一個故事，一九三五年，我們北平故宮博物院，應英國倫敦的大英帝國博物館邀請，把故宮博物院珍藏的中華文物國寶，選其精品，運往英倫展覽。因為這是中華文物瑰寶第一次運到國境之外展出亮相，引起國際學術界的高度重視，所以當時由英國派出海軍兵艦保護運送，安全抵達倫敦，如期展出，盛況空前。展覽完畢後，於一九三六年五月初，全部國寶由英方依照協議妥善裝箱一百餘件，交由專輪「藍浦拉」號運返回國，航程仍是由大西洋通過直布羅陀進入地中海，但專輪停靠港埠後，發生郵輪陷入港埠北面的沙灘，動彈不得，經過英國海軍緊急措施終於擺脱擱淺，起錨離港，於一九三六年五月底安返上海。當時上海報紙都用很大篇幅，詳細報導此事經過。因之直布羅陀的大名再度進入我的印象。

時隔七十多年後，在我們千禧年之旅的行程表中，看到直布羅陀也是遊覽景點之一，立即感到有一種童年時的喜悦。因之當我們所乘的郵輪駛過地中海西緣，靠近直布羅陀港灣時，那是微風清雲的早晨，首先進入視界的當然就是直布羅陀的主要地標——那像一塊大型三角

▲一九三五年運送北平故宮博物院國寶至英展覽的英艦「薩福克號」

▼一九三五年北平故宮博物院在英展覽後運回國寶時，在直布羅陀海港擱淺的英輪「藍浦拉號」

板的巨岩，對我來說，童年時的好奇心，頓時得到了滿足。

郵輪停靠港埠之後，我們一行立即離船登岸。當我踏上碼頭土地的第一步時，在薄霧迷濛中，似夢似幻，好像迎面有個禿頂老師的身影。

登岸之後，遊覽路線可分二個行程，一是去看巨岩山內許多岩洞，其中最著名的是聖麥可岩洞（St. Michael's Cave），洞內存有很多各種奇形怪狀的動植物化石，當然包括鐘乳石，都有千萬年的歷史，所以是觀光客的重要旅遊景點。另一是參觀巨岩頂上的軍事堡壘，可以登高望遠，俯瞰海峽和半島的全景，我選擇了登頂的一隊。

上山可以搭乘纜車，直接登上頂峰，也可乘坐遊覽巴士，駛過直布羅陀飛機場，這是世界上唯一汽車橫越航空跑道的特例，頗有趣味。

巨岩山峰標高雖僅四百多公尺，但矗立半島尖端，氣勢雄偉，頗顯「一夫當關，萬夫莫開」的險要。到達岩頂，先有一道不算太長的古老城牆，大概是護衛堡壘的防禦建築，靠牆還有一座納爾遜將軍的青銅雕像。通過那道小城，便見岩頂上用赭色磚塊和石頭混合建成的堡壘，外觀看似圓型，但進入堡壘內部，卻有甬道長廊，廊的左邊，都是大砲排列的位置，外牆便是雄峙岩頂的堡壘外壁，牆壁上的四方形洞，正是大砲的砲口。我走近洞口，向外瞭望，果然海峽形勢，盡在視界範圍之內，也就是全在大砲射程範圍之內，正好印證了童年時地理老師所言不虛，確有控制咽喉之勢，看其風雲壯麗，歎為觀止。

我們也參觀了堡壘內的其他設施，包括軍士們的寢廊（因為床位就在長廊右側，只有門板間隔，不能稱室），許多排列整齊的臥鋪，依舊井然有序，盥洗室和廁所，也多非常清潔，不知現在是否有人使用，原想攝影留念，但牆上除了有些雕刻外，還貼有一張不得攝影的告示，祇能作罷。

下得山來，時間尚早，於是大家徒步閒逛直布羅陀半島市區，小鎮風光，頗為雅致，有幾條街道，依偎在山坡之間，兩旁商店、餐廳、酒吧、咖啡屋，各有不同風情，遊客拾階而上，可以隨處瀏覽休憩。我們選了一處戶外傘下雅座，想喝一杯咖啡，或啜一杯小酒，而抬眼遠眺，隔海正是非洲北端名城卡薩布蘭加（Casablanca），不禁憶起上世紀六〇年代的一部電影名片，由亨弗萊．鮑加和英格麗．褒曼合演的《北非諜影》，片中地點背景，正似我們所坐四周的情調，面臨高山大海，悠然自在，有點不亦樂乎。

直布羅陀只是一個小小半島，面積僅有六平方公里，但她的地理位置，卻如上文所云在軍事戰略上極為重要。早在公元五世紀西羅馬帝國滅亡之後，就被信奉伊斯蘭教的摩爾人（Moorish）作為侵犯歐洲的踏腳石。到了十一世紀至十五世紀，西班牙和葡萄牙兩王國之間又持續競奪這塊土地。再到十八世紀初葉，英國和西班牙有了一次決定性的戰爭，英國獲勝，西班牙和英國在一七一七年簽訂了條約，把直布羅陀割讓給英國。自此以後，直到現在，直布羅陀一直由英國統治，成為英國海外領土之一。

遙想當年英倫，號稱大不列顛帝國，其屬國領土，遍布全球，自傲為「不落日國」，固一世之雄也。而今落得作為世界前三強都不夠格，不亦哀哉。特別當我們站在那塊屬於大英帝國海外僅有的領土上，祇能作為一個小小的觀光景點，不免

直布羅陀海峽巨岩遠眺全景

興起世變滄桑之感，也替昔日雄霸世界的英國衰落為之悲嘆。

回頭再看當今時時自稱「世界第一」的新霸王國，曾被公認為民主法治的模範國家，從二次世界大戰以後，大勢所趨，躍為世界第一超強。之後，經過選舉的歷任總統，也無不以世界領袖自居，舉世各國也無不仰其鼻息，任其頤指氣使，演變至今，被喻為「瘋子」者執政，更是囂張跋扈，恃強凌弱，逞其君臨天下的霸王姿態，以致世局脫序大亂，公平正義蕩然，遠甚於帝國主義的殖民時代。

形勢云乎哉？國力云乎哉？不知何日和平的鐘聲再能響起，聖善再能普降人間，祗能合十求之，馨饗禱之。

二〇一八年十月

迷醉的酒鄉

那是一個不用酒醉就會讓你迷醉的地方，一層層、一排排、行列整齊的田野，全是綠得發油、綠得發亮的葡萄園，就像一張巨大的綠色溫床，撫育著無數粒粒嬰兒，當葡萄嬰兒們長得圓圓胖胖時，整個山谷大地發出陣陣清香，還有周邊的聖海倫娜山（Mount Saint Helena）和清澈明亮的柏瑞莎湖（Lake Berryessa），更似保姆樣溫馨地護衛著整個山谷，那便是聞名於世的納帕谷（Napa Valley）或稱

納帕酒鄉（Napa Wine Country）。

納帕位於美西加州舊金山灣以北約七十五公里，最初是屬於墨西哥的一省，面積不到八百平方公里。早先祇是一般性農地，從十九世紀初歐洲移民陸續遷入後，對於產業經營和生活習慣與當地土著平民有不同的方式，也有了爭執，但墨西哥政府許可歐洲人喬治・楊（George C. Yount）設立農場，從事木材、碾米及種植葡萄等事業。自此以後，納帕人開始以葡萄釀酒。到了十九世紀中葉（一八四八年），美、墨兩國戰爭，墨西哥戰敗，把納帕割讓給美國，於是楊氏和另外一位船長，在他們兩人努力推動下，繼續把種植葡萄和釀酒事業，作為納帕的專門事業。接著更多的歐美人士，一致看好納帕的投資環境，投資葡萄園和釀酒廠，引進歐洲許多名牌品種如：Cabernet Sauvignon、Chardonnay、Merlot、Zinfandel 等等，在納帕大量生產，並且經過不斷的研究發展，產品精良，已在國際評酒大賽中，屢得首獎，因之Napa Valley成為世界聞名、數一數二的葡萄酒鄉。

如今納帕山谷境內，共有大小酒廠四、五百家，其中著名於世的如：Charles Krug Winery、Chateau Montelena、Beringer、Robert Mondavi、Rutherford Hill Winery、Sterling Vineyards等等不勝枚舉。而酒廠不同於一般製造業的工廠，它是融合文化與藝術於一爐的工作坊，是精製美酒的創造所，也就是醇酒和美術工藝的結晶體。所以每家知名酒廠的葡萄園，都營造成一所所美麗的果園，酒莊內的建築物更是典雅華貴如同宮廷，整個莊園內外，有的是蒼松翠柏、玉樹臨風，有的是姹紫嫣紅、花團錦簇，有的是亭台樓閣、小橋流水，倒像東西文藝薈萃的展覽場所，因之每年遊客超過五百萬人，個個到此樂而忘返。

人們對納帕的強大吸引力，趨之若鶩，我想不單是她佳釀的香醇美酒，更在於整個酒鄉的秀麗景色，既古典又現代，以及風情萬種的市鎮小街，加上許多口味不同的當地美食和手工藝品，有以致之。

納帕酒鄉之快速成長繁榮，在二十世紀晉為全世界葡萄酒王國，與法國並駕齊驅，享譽國際，除了當地土壤，氣候適宜，以及她的山明水秀之外，最重要的是有個關鍵人物，義大利移民後裔，名叫Robert Mondavi。他是美國名校史丹福大學畢業的高材生，主修經濟學與企業管理，但他對製酒事業極有興趣。他的父親Cesare於一九四三年收買了克魯格（Krug）家族的酒莊，父子三人（另一是Robert的弟弟Peter）共同經營，後來（一九六六年）Robert有新的理念，另外自行投資設立以他本人為名的酒莊Robert Mondavi Winery，自此以後，他致力採用進步的生產製造技術和積極行銷全球的市場推廣策略，不數年間，Mondavi 的品牌很快成為新世界酒類的共同標準。他以事業所獲利潤，捐款一千萬元給加州大學戴維斯分校（UC Davis）建立 Mondavi 中心作為表現藝術館。之後再捐二千五百萬元在戴維斯分校設置酒食科學系及研究所（Mondavi Institute for Wine and Food Science），培育從事葡萄園酒莊的專業人才，進行酒食科學的高深研究，所以被稱為「美國葡萄酒業的教父」。而他一生事業的最高峰應該是在二〇〇五年，他以 Mondavi 品牌產製的 Cabernet 葡萄酒在納帕一年一度的拍賣會上，竟以每桶四十萬美元的高價賣出，並將所得價款全部捐給慈善事業獲得盛譽。可惜之後不到三年，他於二〇〇八年在自己莊園內病逝，享年九十四歲。

納帕酒鄉的所有酒莊，全部開放給公眾參觀，但大多需要事前數日登記，收費高低也有所不同，參觀重點主要是品酒大廳，其次是製

筆者夫婦攝於納帕酒鄉

酒廠房、再次是儲放酒桶的地下酒窖，最後遊覽酒莊的庭園。我曾參觀過的著名酒莊有十幾家，當然以Mondavi和Beringer的規模最大，但我最欣賞、最喜愛的則是名叫Sterling Vineyards的年輕酒莊，她的位置是在一座約三百公尺高的山頂之上，從納帕市區的主街向西北沿128公路行駛，離Saint Helena鎮不遠，向北遙望，就可看到在半山腰茂密森林中，有一座純白色形似天鵝堡的建築物，矗立在小山頂上，想不到那兒竟是一所葡萄釀酒莊園，那莊主想必是位喜歡山林的高雅人士，才會選此絕妙仙境作為酒鄉，而且她的產品還在一九八一年加拿大的渥太華酒展會中榮獲首獎。

酒莊既然設在山上，遊客就必須乘坐由酒莊建造的纜車，由山腳停車場改乘纜車，約需五分鐘登上山頂，從纜車中遠眺四周青山翠谷，等於增加了另一個觀光行程。到達山頂進到莊內，迎面首先聞到酒的香味，原來那是品酒大廳，各色美酒任君品嚐，愛酒人士少不得要簽下訂單，購買數瓶。接著跟隨導覽人員進入釀酒廠房，一路參觀釀酒的全部過程，從生鮮葡萄進到沖洗大槽，經過許多複雜程序，最後到裝桶完成。而Sterling的特別處，他們在廠房屋頂下，設置了一座空橋，觀光客通過空橋，隔著玻璃向下俯瞰，工廠內的作業，一覽無遺，讓

納帕酒鄉的 Sterling 酒莊遠景

參觀者清清楚楚看到美酒如何誕生，人人滿意。但其大部分作業都在機器內進行，可惜無法透視。

白色酒堡牆外的岩崖上，還有一個寬大的陽台，設有雅座，陽傘桌椅，專供旅客於參觀之後，在此休憩和欣賞四周青山翠谷的美景。可謂設想周到，並且供應點心飲料，也可要杯美酒在此小酌，總讓遊客乘興而來，盡興而返。

美國有所著名的烹飪學校，名為美國烹飪學院（The Culinary Institute of America 簡稱 CIA），校址正好就在納帕市主街128號公路西側的山坡地段，校舍房屋全用淺灰色厚磚築成，原是十九世紀 Bourn 家族的產業，以灰石酒窖（Greystone Cellar）聞名，並登記為國家歷史建物。房屋建築宏偉，是維多莉亞式風格，面積廣達一萬餘平方公尺，於二十世紀後葉輾轉售予 CIA 充作校舍。由於學校與酒鄉同在一個社區，因之校方除教學之外，便利用二樓大堂，開設餐廳，對外營業，教師學生合作，教學相長，學用合一，把佳餚美食和香醇美酒與觀光遊客分享，因之門庭若市，坐無虛席，凡到納帕的遊客，無不光顧這所學校用餐。酒鄉與食堂相得益彰，也可算作佳話。

酒的歷史，據說與人類的歷史一樣古遠，有無可信考證，姑且勿論。但酒是一種文化，毋庸置疑。東方與西方文化，製酒與飲酒的風格，自然也有不同。在中國歷史和文化上，酒和詩似有不解之緣，例如李白的「舉杯邀明月」，蘇東坡的「把酒問青天」等等，太多太多的詩詞，少不了要以酒為友。只是在製酒本身過程中，好像製酒就是為了製酒，缺少了一些藝術思維的參與，讓酒品成為一種藝品，從而使酒不單讓人醺醉，而能使人陶醉；不僅讓人忘憂，而能讓人享受，這才是酒藝的最高境界。我確是忘不了那迷醉的酒鄉——納帕。

胡適之先生在他的詩集中，有一句「醉過方知酒濃」，大概我已被納帕酒鄉濃醉了。一笑！

二〇一八年十月

九十在畢德摩

二〇〇八年，在我的回憶中，具有多種意義。

其一，這是我年齡進入九十歲的一年，民國九十七年七月二十六日——農曆六月十九日，是九十足歲的生日。

其二，這年是蔣故總統經國先生逝世二十週年。每年一月十三日我必去桃園大溪陵寢行禮致敬，時逢二十週年紀念，我寫了一篇追思文章，題為「教我如何不想他」，準備攜稿返台，送請報刊發表，未料禁忌森嚴，居然無一敢於刊出，於是祇能買了版面，當作廣告，於一月五日在《中國時報》第四版全文登載，予我感觸極深，甚至憤慨。

其三，這年是中華民國第十二任總統的選舉年，我自必留台直至三月二十二日，把票投給國民黨總統候選人馬英九——我的昔日同僚舊友。開票結果，馬先生高票當選，實現執政黨再度輪替，因之我能懷著興奮和期待的心情，參加了五月二十日新任總統的就職典禮，然後回美。

那年七月二十六日清晨，美東天氣晴朗，豔陽尚未高升，還有稍些涼意。我們張家十人，分坐兩車，準備啟程出發享受一次溫馨的慶生之旅，去到一個我從未知曉的奇美地方——畢德摩莊園（Biltmore Estate）。

從維州李斯堡（Leesburg VA）經81號州際公路向南行駛，目的地是北卡州的艾希維爾（Asheville NC），全程七百公里，途中經過華盛頓和傑弗遜兩個國家森林，但為趕路，無暇進去遊覽。一路上大家有說有笑，倒也不覺路長，而且女兒給我說明，這次要去的莊園，不同於十年前我八十歲時在太浩湖那樣的遊山玩水，而是要去欣賞一處完全人為把自然改裝的藝術極品，因之提高了我的好奇心，也好像縮短了里程，下午二時以前，便平安抵達艾希維爾。

我們住進預訂的旅館，第一次看到 Biltmore 這個專有名詞，原先我祇知有個范德畢大學（Vanderbilt University），但不知是否屬於同一家族所有，尚待瞭解。當天晚餐，女兒和女婿事先也已預訂專用餐室，室外有陽台，還有白石階梯，可以向下走到後花園。庭園頗雅靜，我們繞著花壇徘徊散步二圈，已是黃昏天色，回到餐室，古典式長型餐桌上綴有 Happy Birthday 的花朵裝飾。七時開始用餐，除了享受豐盛的晚餐之外，照例大家不免爭相歌唱，增添慶生歡樂的氣氛，直到十時又半，興盡各自回房就寢，我對 Joyce 和 Bill 互道晚安之外，特別向他們致以最誠摯的謝意。

經過整天疲勞之後，倒床很快進入酣睡。次晨陽光已從窗帘隙縫中侵入，窗外鳥鳴唧唧，已在催人起床，於是匆忙盥洗，用過早餐，趕乘旅館巴士，前往此行主要目的地 Biltmore Estate。車行十來分鐘的山路，轉入一條用白色方磚鋪成的白石大道，遠遠已就看到幾座尖形

北卡州 Biltmore 畢德摩莊園大廈正面景觀（從紀念品茶杯上翻攝）

塔頂高聳雲霄，不久巴士駛進圍繞莊園的鐵欄，正中好似英倫白金漢宮前的大門，頓時覺得豁然開朗，眼前一片廣寬的園地，不是天堂樂園，便是人間仙境。莊園四周無際的景色，目不暇接，園中人工製造的大小湖泊和溪流縱橫於花圃果園之間，小丘山坡起伏在樹叢林木之中，到處種滿了奇花異草，池塘中不斷噴射的白色水柱，被麗日照耀得金光萬道，藍天綠地，游魚飛鳥，猶似身在充滿幻想的夢境，所以我要稱之為超大的「大觀園」。若不是導覽員催促前進，真的不捨離開。

遊完莊園園地，再進園區中央的豪華大廈，這不是一座皇宮大殿，而是一所私人住宅，實在難以置信。光看那華廈的中央大門迎賓大廳，富麗堂皇，位於正中的塔樓，從底層直衝四樓塔尖，其粗大梁柱的周圍，布滿各色千奇百怪的裝飾，不由令人震懾，歎為觀止。一樓中廳的兩側，左邊是一條玻璃長廊，右邊是一座很大的室內花園，名為冬季花園，顧名思義，便知屋主喜愛花卉，即使嚴寒冬令，仍然可在屋內賞花。

樓高中間四層，兩邊三層，每層之間樓梯的牆壁和窗牖掛滿了名人雕像和藝品，遊客拾階而上，可以直達屋頂，跨出門外，便是塔尖和平台，可以觀看莊園全景，還可以觸摸塔尖上光滑的石板和發亮的銅片，每塊板片，還都浮雕業主名字的縮寫，其高貴豪華可想而知。一樓右邊除了室內花園之外，還有一間可容六十四個座位餐桌的大宴會廳和一間室內二層藏書萬冊的圖書館，裝飾精緻典雅。二樓和三樓為寢室、起居室、音樂室、娛樂室等，每一廳房，全用防火耐熱的磚牆間隔，以保安全。地下底層還有室內溫水游泳池、保齡球場，以及三個大型廚房和洗衣房等，規模宏大，絕不遜色於我在歐洲各國所見過的皇宮御殿，甚至有過之而無不及。我稱它為超大「大觀園」，當之無愧。

根據導覽資料所載，這莊園的莊主，正是美國最富有范氏家族 Vanderbilt 的成員之一，也是捐款興學於一八七三年在田納西州納許維爾市（Nashville TN）設立 Vanderbilt University 創辦人康芮留斯（Cornelius Vanderbilt）的孫子喬治（George Washington Vanderbilt II），他在一八八〇年代陪他母親到北卡州旅遊，喜歡艾希維爾市那兒的氣候和景色，決定買下七百塊農地，總面積大約四百平方公里（比台北市還大一百多平方公里），隨即聘請著名建築師二人，替他設計建造他家的私人莊園，於一八八九年開工興建。當時為了建築需要，還在區內自設一所木材工廠，一座製作磚瓦的燒窯，以及一條為運送建材的專用鐵道，僱用勞工一千餘人，積極施工，於一八九五年竣工，總計莊園占地二十八平方公里，大廈本身地板面積達一萬六千三百平方公尺，內有二百五十個房間，包括三十五個寢室、四十三個浴室、六十五個牆壁火爐。喬治本人還親自遠赴歐洲，大量採購新廈所需窗帘、地毯、麻質織品、家具、鋼琴，以及為裝飾所用的各種擺設藝品，其中包括許多價值連城的名家油畫珍品，全部布置完成後，於一八九六年啟用，成為全美（甚至全世界）最大的私人住宅。

第二次世界大戰時，政府還把范家莊園所藏珍貴寶物運到華府，

北卡州 Biltmore 畢德摩莊園大廈背面景觀（從紀念品茶杯上翻攝）

由國家藝術館代為保管，以策安全，可見畢德摩莊園的重要性。看來當年喬治的雄心，大有歐陽修在他的〈壽樓〉詩中所寫：「**主人起樓何太高，欲誇富力壓群豪**」的氣概。（按：十九世紀美國尚未徵收所得稅，所以大企業主皆是巨室豪富）

後來到了二十世紀五〇年代，范家後裔把莊園一部分土地出售給市政府，政府則要求范家同意開放莊園給公眾參觀遊覽，直到如今，每年遊客超過百萬人，並被指定為國家歷史文物建築。

人們不免要問，單獨一個私人家庭，怎能有如此雄厚的財力，營造如此龐大莊園和個人豪宅，氣派堪稱富可敵國？翻開美國歷史和范氏家族歷史，就可瞭解一二。

美國自一七七六年戰勝英國後宣布獨立，接著不到一百年，又於一八六一年發生南北戰爭，直到一八六五年六月北軍獲勝，於是聯邦領土完整得到保護、奴隸制度廢除、各項國家建設得以全面開始，但不幸林肯總統於南軍投降後五天被刺身亡，而國家建設中最優先最迫需項目，也是林肯總統在世時最渴望積極主張推動興建的項目，便是橫貫北美大陸，連接東西兩岸的火車鐵道，所以聯邦政府不遺餘力，依照林肯核定的軌道路線，分為東西兩段，分由兩家鐵路建設公司 Central Pacific 和 Union Pacific 負責興建，聯邦和州政府給予全力支持和協助，從一八六三年開工，其間經過無數艱難險阻，也有許多政治上、財經上的爭議，但在匯聚全國智慧的腦力、流汗的勞力，以及充足的財力全方位的配合下，歷經千辛萬苦，終於一八六九年十月東西兩線接軌，完工通車，從此縮短了美國東西兩岸間的距離，整個改變了美國人十九世紀年代的時空觀念和生活方式，以一個不足百歲的年輕國家，能夠完成如此壯舉，後世史家稱之為舉世無雙的大事

「Nothing Like It in the World」。

回溯十九世紀中期時代，科技尚未發達，不像如今可用電腦操作各種大小機械工具，當年所有工程和工作，都賴人工勞力，連運送器材的交通運輸工具，僅賴騾馬車輛以及河流水道的小型汽船，以致大量和笨重的物件如鋼鐵和鍋爐等由東到西，還得使用大型船舶繞道南美洲，方能運達美國西岸，既耗時，又費錢。但當時全美上下，無不殷切期待橫貫鐵路儘可能早日完成。因之聯邦國會及政府積極鼓勵民間投資從事經營有助於鐵路工程的各行各業，予以有利的優惠（包括免稅），於是在「火車頭工業」的帶動下，百業欣欣向榮，造成十九世紀美國經濟的金色年代，其中航運、碼頭和美東原有部分鐵路的事業，扮演了重要角色。范氏家族因應當時建設熱流，正是箇中翹楚，滿足了國家社會需要，也滿足了家族財富。

Vanderbilt 家族是十七世紀從荷蘭移民美國，很早就經營航運和交通運輸事業，兢兢業業，百年來的辛勤累積成了巨富。到十九世紀，他們家族成員之一，名叫 Cornelius Vanderbilt 更是雄才大略，擴大家族事業，包括紐約市著名的第五大道上很多高樓大廈，都是范家投資興建，再後除了創辦范德畢大學之外，也捐出許多土地，供紐約市教會和公益之用。因之范氏家族聲名卓著，成為美國最富有家族之一，以至他的第三代喬治成為畢德摩莊園和全美第一豪宅的主人，也就不足為奇了。至於他們族人都是長袖善舞？還是多錢善賈？不敢妄作推論，或許兩者兼而有之，而免徵所得稅無疑是主因之一。

中國仕人清流，傳統重文輕商，大多鄙視財富。常說「為富不仁」，或「富不過三代」，所以千年積貧。觀乎范氏家族，富而好仁，富而好禮，故能綿延十代，生生不息，足資深思。其實太史公不是早就說過：「人富而仁義附焉」？所以「天下熙熙，皆為利來；天下攘攘，皆為利往。」有何不可？

結束二天的慶生之旅，回到維州，再作二天休息，搭機飛返美西家中，頗多感觸，乃賦歌一首，復經內子配以〈你儂我儂〉的曲譜，倒也成調。歌詞文字如下：

九十感懷　賦歌自娛

九十初度，人生幾何？
往事塵煙，不論休咎。
海虞靈秀，生我斯土；

幼學啟蒙，育我中和。
少未飽讀詩書，
長復荏苒蹉跎；
機緣濫竽仕途，
知遇佐襄元首。
參贊樞密，寒暑十六；
物豐民阜，盛世已過。
如今耄耋，難得糊塗；
不望期頤，但冀無憂。
餘年不多，夫復何求；
知足常樂，惟寧惟麻。

二〇一八年十月

香蕉共和國

名媛貴婦們，都以逛名店為樂，買名牌為榮，凡時尚服飾、皮包、化妝品、手錶、鞋子等等，無不一擲萬金，毫無吝色。商業界看準女士們乃是消費場中的主流，於是專以婦女用品為主題，推出各種名牌商品，創立名店，全世界如雨後春筍般處處可見名店林立，果然家家營業鼎盛，大獲利市。其中包括一家公司的名字，頗為別致，當然較易吸引顧客的注意，連我這個老男生也不例外。

一九九〇年代，我寓居美西舊金山東灣區，不免常去三藩市都會區四周幾個較大城市閒逛。某天在一條街上，偶然抬頭看到有家門面還很氣派的店舖，正門上掛著大字招牌，上面寫著「Banana Republic」，當時我並不知道那是什麼專賣名牌的名店，但走近櫥窗一看，展示的全部皆是女用商品，讓我有些錯愕，何以這家名店，會用含有政治性的名稱作為招牌？因為就我原先所知，這個 Banana Republic 是個具有羞辱性的名詞，針對中美洲幾個生產香蕉的國家，經常發生軍事政變，內戰不斷、政治腐敗、貪汙賄賂盛行，但其國家政體，卻是民主共和體制，國際媒體乃給予十足諷刺的標籤。而這家名店，素以頗具創意的經營策略聞名全球，擁有六百家分店，難怪公司招牌名稱，也很特別。

不過，這個名稱的背後，卻包含著一、二百年頻受外力霸凌的辛酸歷史。

中美洲在十五世紀被發現為新大陸後，一直屬於西班牙的殖民地，到了十九世紀後期，美國勢力入侵，協助獨立，改變政體，原屬好事。但在同時期美國成立了一家聯合水果公司（United Fruit Company），總部設在路易斯安娜州的紐奧良市。這家公司以鉅資收買了中美洲大部分以及墨西哥小部分土地，大量種植香蕉並輸出美國本土和歐洲各國，由於其經營方式，幾乎等於獨占了整個美洲的香蕉市場，更因UFCO這家公司累積財力愈大，對中美洲各個國家的政治、經濟、甚至軍事的影響力也愈深，實際上各國政變頻仍，內戰不停，無不受到UFCO公司和美國政客幕後的操控，以致中美洲各國的困境愈陷愈深，同時國際間皆認為UFCO是個干預他國內政的跨國公司，而且美國政府為其後盾，於是稱之為「新殖民主義」，顯然是對美國行為的譴責。

二十世紀初期，美國有一本小說《白菜與國王》，其中所寫虛構的故事，完全影射中美洲各國在美國控制下的種種以強凌弱、不仁不義，並且給那些中美洲國家取了一個別號Banana Republic。隨後這個名詞在國際間廣為流傳，並被媒體普遍採用，甚至譜成歌曲，其義涵也漸變成等同「貪婪、腐敗」的代名詞，不管作者原意是同情？還是輕蔑？

至於現在風行於世的服飾名店，為何採用BR作為品牌，根據其創辦人梅爾・齊格勒（Mel Ziegler）接受媒體訪問時的說法：「很簡單，就是BR，能賺大錢。」他的坦率，或許間接道出了當年UFCO的巧取豪奪，予以留下無情的紀錄。

一九七〇年代，中華民國和中美洲七個國家：貝里斯（Belize）、哥斯大黎加（Costa Rica）、瓜地馬拉（Guatemala）、宏都拉斯（Honduras）、尼加拉瓜（Nicaragua）、巴拿馬（Panama），以及薩爾瓦多（El Salvador）都有正式邦交，互派特命全權大使。其中瓜地馬拉是人口最多（約一千七百萬）、地理位置最高（海拔四千公尺），也是該地區經濟狀況最佳（約一千四百億美元GDP）的國家，但其政治歷史，則是受外力傷害最重的國家。一九七六年我有機會訪問中美洲，首先到達的便是瓜國首都瓜地馬拉市，也是中美洲最繁榮的大城市。Aurora機場建在高山的一塊平台之上，顯然飛機起降都有風險，所幸平安降落。循著扶梯走下班機（那時場站設備簡陋尚無空橋），迎面見到二位老友，一位是我國駐瓜國的毛大使起鶚，他是我在國防研究院的同期學長，另一位是昔日中央印製的同事楊擎柱兄，多年未晤，異地相晤，格外高興。

意料之外，卻在情理之中，毛大使首先向我表示歉意，不能接待我在使館官邸居留，原因是瓜國常有外國使節被綁架情事，政府乃派軍警保護，所以警衛森嚴，出入不便，倒是驚人奇聞。不過楊兄在旁立即說明，他已準備迎我在他寓所住宿，於是三人歡聚希爾頓飯店，共用晚餐。我還特別向侍者要了一根香蕉，果然味美甘甜，共和國冠以香蕉之名，倒也不算虛假。

楊兄從台灣移民瓜地馬拉已有十多年，憑他印刷工作專長，在瓜國承攬政府印製鈔票事業，頗有成就，為他高興。楊家宅第，舒適寬敞，楊氏伉儷又是三十年舊識稔友，所以徹夜長談，道盡了 Banana Republic 的歷盡滄桑和遭受的各種痛苦經驗，不勝唏噓。

不過另一方面，瓜地馬拉是瑪雅文化的核心所在，雖然後來由於受到長期天災、人禍以及現代文明的多種衝擊影響，瑪雅文化如今幾已消失殆盡。但瑪雅文明的遺跡尚存，包括自第三世紀就有的文字、石刻、陶器和雕琢藝品等，都值得研究和觀賞。而且至今還有大約六百萬的瑪雅族人散居中南美洲各國，他們仍以能講瑪雅語言為榮。

我接受了楊兄「不能不遊」的建議。次晨，楊家全體陪我駕車前往瑪雅市的 Tikal 城，此城已被命名為國家公園，距首都北邊約二百多公里，沿途處處有瑪雅文明的遺跡，所見雖無山明水秀的風景之麗，卻有素雅質樸的古典之美，看他們先民全盛時期留下的歷史文化，對照他們現實生活環境，不無興起一些淒涼之感。

到達 Tikal 城，舉目四望，群山環繞中，有幾塊平原盆地，很遠就可看到幾座高聳矗立樓台，狀如金字塔（瑪雅人如此稱呼），吸引遊人注目。走近看時，以第一號塔而言，其高度、規模、地盤、體積固與埃及金字塔不能比擬，但塔的頂端，建有四方型石築堡壘，則為埃及金字塔所無。實際上那座石築塔台並非堡壘，而是神壇，專供拜祭之用。遊客們不免要想，塔的斜度很大，看來至少四十五度，而由地面到塔頂石砌的陟坡，約有百個台階，登頂進到神壇的祭拜者，必須逐步踏上石階，而階面和階距又很狹窄，登頂難度甚高，莫非是要考驗信徒的虔誠？所以我們祇能望塔興嘆。

塔壇周圍村莊，都是瑪雅人聚落的居屋，有些室內還保有瑪雅文明遺跡，最普遍的是婦女們都忙著織布，用各種色澤的痲線和棉線，在傳統織機上來回穿梭，織成大小尺寸不同的牀毯或桌巾，牆壁四周掛滿了繽紛鮮豔的成品，明耀奪目，代表著瑪雅人的勤勞。他們臉上一直露著的笑容，更象徵瑪雅文明的光彩。

離開了瑪雅市，楊兄竭盡地主之誼，繼續駛往北方遍西的大西洋岸邊，那兒有個海濱渡假村，沙灘高處建有許多民宿小屋，每屋是一個出租單位，每個單位間隔距離很近。內部設備簡單，但很整潔，算是不壞的設計。我們租了兩個單位，居然可以隔窗談話，有些像似芳鄰的感覺。

晚餐後，在沙灘散步，時值夏季，晚風輕輕拂臉，一陣清涼，大西洋賞了我們些許輕柔的舒適。但是我們互道晚安之後回到小屋，卻發現室內並無空調裝置，添了一點不安。果然幾分鐘後開始覺得悶熱，打開窗子，可能不對風向，也無補於事。再過半個小時，更是異常燠熱，無法入睡，坐立不寧，焦躁不安。不知隔了多久，朦朧間，突然天崩地烈，上空狂風暴雨，雷電交閃，海上巨濤駭浪，呼嘯拍岸，直向一排小屋猛衝而來。我在驚恐之下，大叫一聲，逃出屋外，卻見楊兄正從他的小屋，走到我的面前，問我怎麼回事。我摸著頭腦，揉著眼睛，發覺四周深夜寧靜，繁星依然閃亮，原來是場噩夢，可驚亦復可笑，不知這個夢魘是何徵兆？所幸福星高照，後面行程一路平安。

凌晨起床，猶有餘悸，做了幾分鐘深呼吸後，頭腦回復清醒，早餐時照例吃根香蕉，一切正常。大家同意回程不走來時原路，改經宏都拉斯與薩爾瓦多回到瓜國，好在中美洲各國之間，都有州際公路可通，並無不便，我也當然樂意多看二個「香蕉共和國」。

中美洲位於亞熱帶地區，多山、多地震、多颶風，還常有活火山爆發，天然災難頻率很高。瓜、宏、薩三國國境相連，自然環境大致相仿，早年都是西班牙的屬地，文字語言相同，也到處都有瑪雅文明的遺跡，所以我們車程進入宏都拉斯國境之後，感覺上和所見景物與瓜國無何差異。農業產物，也以香蕉為大宗，因之也脫不了「香蕉共和國」的共同命運，顯然來自北美的強大勢力，無所不在。

我們當日行程的目的地是宏國首都德古西加巴（Tegucigalpa），看來已經初具現代化都市的雛型，道路平整，沒有斷垣殘壁，或烽火餘燼等創傷痕跡。原來宏都拉斯竟是中美洲幾個獨立共和國之中，唯一未曾有過軍事政變或內戰（至少一九七〇年代之前），真是宏國人民的大幸。沿途還看到二座羅馬式建築的天主教堂，予人稍有和平的氣氛。

中午在那首都僅有的一家跨國連鎖經營的洲際飯店（Intercontinental Hotel）用餐，順便預定了兩間臥房，準備住宿一夜。餐後撥了兩個電話，一給駐貝里斯姚大使守中舊友，向他說明不克前往拜訪致歉；另一電話給駐薩爾瓦多中華民國未來的政治明星、連大使永平，告知次日午前可以到達薩國首都，他給我一個溫馨的回答，要我明日和他打一場高爾夫球。

餐後在房間稍事休息，隨即外出訪問宏國第一都城，見到許多廣告看板，知道宏國正在從事發展輕工業，其中最引人注目的是紡織工業，於是參觀了一家毛巾織造工廠和一家成衣工廠，二者產品都已進入北美和歐亞市場，我對前者所製毛巾頗有興趣，因其質地柔軟，設計新穎，於是買了二打帶回台灣分贈親友之外，自己用了二十來年，遠比香蕉物超所值。

次日早餐後，駛向薩爾瓦多京城，每個行程需時都在二個小時左右，到達聖薩爾瓦多市，連大使請吃午餐後，同往薩市僅有的一家高爾夫球場，準備二時開球。哪知天有不測風雲，正當更衣完畢，突然烏雲密布，隨即傾盆大雨，我們祇能坐在大廳，喝杯咖啡聊天，等待雨停。頗具詼諧幽默的大使，告訴我一則小故事，前內政部次長薛人仰先生到薩國考察，連大使同樣約他打球，到達球場後，下場打球者就僅他們二人，外加四個桿弟伺候。薛先生感覺奇怪，連大使戲稱今天他把球場包下來了，薛先生聞之受寵若驚，頗感不安。其實中美洲人不太喜愛打高爾夫球，因之球場經常球客寥寥無幾。我聽了哈哈大笑，但大雨依然不止，球場積水盈寸，看來球敘無望，只好道謝辭別。當天駕車駛回瓜國京城，晚上楊兄伉儷與長公子和我四人打了八圈麻將，是我這次旅程最逍遙的一個節目。

隔日搭聯航班機飛抵洛杉磯，再換機回到台北，結束了「香蕉之旅」。梳理一下許多回憶，感觸頗多。

首先，當我返台後不久，瓜地馬拉發生一九七六年大地震，死亡三萬二千多人，災情慘重，我所經過的幾個地點，也在災區之內，莫非那次夢魘果真是不祥的預兆？

其次，回顧十九世紀到二十世紀中期百年間的中國，在內憂外患交相煎迫下，所遭遇的不幸命運，雷同 Banana Republic。所不同者，當年中國受列強侵略，簽訂不平等條約，割地賠款淪為次殖民地，而同一世紀之內，中美洲各國受盡北美強力干擾，連文字條約都可免去，完全憑恃財力與武力，為所欲為，並且至今霸道依然。世事之不公不義，怎不令人浩嘆！

香蕉外形美觀，內質甘甜，但不能耐久貯存，且蕉心容易腐爛，正如明儒劉基在〈賣柑者言〉中所云「**金玉其外，敗絮其中**」，把中南美洲各國披著漂亮的民主外衣，內政腐敗不堪，給他們「香蕉共和國」的外號，可謂謔而又虐。不過始作俑者應負最大責任，也應深切反省。

香蕉，香蕉，卿本佳人，何以如此被賤！

二〇一八年十一月

林肯紀念堂

「我們不能容許長期存在一半自由、一半奴役。」這是出自一位偉人之口的曠世名言，當我每次進入他的紀念堂內，我的耳際總會感到那鏗鏘有力如同敲響巨鐘般的警語，在大廳內迴盪。

我曾去過美國首都華盛頓特區或簡稱華府，前後共有五次，每次必到林肯紀念堂瞻仰它的宏偉英姿。華府固有很多名人的紀念廳館和碑塔，但那些都是供人遊覽的地方，唯有這兒才是讓人對一座巨像致敬和崇拜的殿堂。光看那通體潔白純淨、全無任何別的色彩、四四方方、端端正正，就能體認這一莊嚴建物，充分象徵光明正大、自由平等的精神，讓人肅然起敬。

這座紀念堂的建立，在林肯總統被刺身亡後不久，就由聯邦國會通過決議，成立籌建委員會，專司其事。祇因選擇堂址、甄聘建築師、審定內外設計圖案、選購建材、核定承造人，以及通過預算案等等，曠日廢時，歷經十二任總統（其中包括八位共和黨籍、四位民主黨籍），每任總統無不慎重其事，務求建案至善至美，所以遲至一九一九年方始開工興建，一九二二年完工，由當任哈定總統主持落成獻堂典禮。

紀念堂外型方整，長五十八公尺，寬三十六公尺，高三十公尺，仿照自由思想發源地古希臘神廟式造型，前後左右共有十三公尺高的三十六個白色大理石圓形廊柱，代表林肯總統在任時聯邦已有的三十六個州，每個圓柱頂上刻著各個州的州名。堂的正面，隔著波多馬克河，直接對著高聳的華盛頓紀念塔，相互輝映。堂前有片可容萬人的綠色草地廣場，更給紀念堂顯現出寬大包容的氣概，因之後來也成了人權運動集會的聖地。

進了大堂，正面中央，便是用玉白大理石雕刻成的林肯全身座像，高五・八公尺，如果以此高度站立，那麼人的身高將是八・五公尺，等於他實體的四倍。雕像坐姿挺拔，雙目炯炯有神，眉宇之間，威中帶慈，兩手搭在座椅兩邊扶手之上，右手五指張開平放，狀甚輕鬆柔軟，但左手緊勁握拳，狀甚果決，意在顯示林肯寬猛並濟的性格。身穿西服大衣，外加披袍，兩腿隨意張開，模樣舒適。座像後上方楣壁刻著類似墓誌銘式的詞句：「IN THIS TEMPLE AS IN THE

林肯紀念堂俯瞰圖

HEARTS OF THE PEOPLE FOR WHOM HE SAVED THE UNION THE MEMORY OF ABRAHAM LINCOLN IS ENSHRINED FOREVER」。原文每個字母全部大寫，以示尊崇。座像兩側大理石壁分別鐫刻他連任總統的就職講詞和聞名於世的蓋茨堡演說，四周更有許多紀念性的浮雕和壁繪，充滿了愛與善的溫馨。還有，大廳座像上面屋頂，開了三個金字塔型的天窗，天堂的光芒，從各個不同的角度直射座像，讓人們看到的林肯永遠輝煌。整個設計是歷史、文化與藝術美好的結合，也是總體代表林肯愛國愛民、人權平等的終身理念，甚至以生命作為代價的偉大精神，永垂不朽。

林肯自幼生長於貧困家庭，但天資聰穎勤讀好學，博覽群書，刻苦自勵，所以未經學校而能通過法律考試成為執業律師，並一貫以伸張正義、維護公道為其服務社會的職志。他身軀健壯，性格剛毅而溫和、堅強而包容，遇事無不勇往直前，務求必果必成，因之在法界聲譽卓著。一八四七年，嘗試從政，當選國會眾院議員，二年後無意競選連任，重返律師業務。但在一八五四年對民主黨主導的一個法案有違平等原則，至為憤慨，決定再回政壇，並且出任黨魁，而於一八六〇年當選為美國第十六任總統。

在他總統任內，南方同盟（Confederates）各州和北方聯邦（Union）政府在許多政策上發生歧異，特別對解放黑奴的立場南轅北轍，根本無法取得一致。而林肯總統對此堅持不能妥協，所以說出：「**這個國家不能一半自由、一半奴役**」的誓言。果真就在一八六一年爆發了美國歷史上最猛烈、最慘酷的內戰。雙方激烈交火，在無數戰役中，互有勝敗，也互受重創。林肯經常親往前線，親自督軍，北軍士氣大振，更因他高舉憲法大纛，民心支持，這場歷時四年的南北戰爭，終於在一八六五年南軍潰敗而停火結束。在戰爭接近尾聲時，林肯在北軍為陣亡官兵安葬公墓典禮上發表了名聞遐邇的蓋茨堡（Gettysburg）演說，指出戰爭是為了維護人權的自由平等，更是為了堅持立國的三大原則——民有、民治、民享（of the people、by the people、for the people），所以要向為國犧牲的勇士們致敬。這篇講詞為殘酷的內戰

紀念堂正廳內的林肯坐姿的白玉石雕像

劃下了完美的句點，振奮了全國民心，也被全世界的民主政治國家奉為治國的圭臬。

林肯挾其戰勝優勢和崇隆聲譽，於一八六四年十一月當選連任美國總統，但那時北軍雖已勝券在握，南軍仍未投降，而且南方七個州宣稱退出聯邦以示抗議，所以國家依然分裂。因之林肯當選連任的喜悅，掩蓋不了他內心的憂慮，他決心要彌補國家的傷痕，促進全國團結，加強基礎建設，拯救國家從苦難中重新復興，作為他連任總統的首要使命。

一八六五年三月，華府氣候，春寒料峭，四日那天，空中吹著強風，天上飄著細雨，格外覺得寒冷。可是這天正是林肯連任總統就職的日子，喜樂的民眾，一大早就已集合在國會山莊前的廣場，估計約有五萬多人，不畏風吹、不畏雨淋，就是為要一睹林肯的風采，聽他的就職講詞。果然不負眾望，十時正林肯準時出現國會大廈的陽台，等到他大聲疾呼，籲請國人堅強團結、不能分裂時，全場民眾給予熱烈掌聲，久久不止。但是其中有一個人反應不同，名叫 John W. Booth，是個職業舞台演員，他憤慨地握緊雙拳，捶著自己腦袋，立下必欲除之而後快的決心，也為未來一場震世悲劇種下了禍根。

其實林肯在初任總統期內，就曾受到刺殺的威脅，但他的大無畏性格，從不介意各種對他恐嚇的情資，甚至戲言，「做了烈士，不也光榮？」實則他愛國家、愛人民、愛自由平等的襟懷已經到了忘我而無畏懼的境界，所以大戰正酣時，仍於一八六三年一月，毅然簽署解放黑奴宣言，當然給南軍的憤怒火上加油。一個暗殺集團已經在隱密中成立。

一八六五年四月九日，南軍統帥李將軍（Robert E. Lee）終於向北軍統帥格蘭特（Ulysses S. Grant）將軍遞上投降書，南北戰爭於焉停火，林肯勉勵國人哀矜勿喜，努力彌傷止痛。但是隱在幕後的暗殺集團反更積極策劃採取行動。

四月十四日星期五，是耶穌受難日的黑色星期五。林肯總統在白宮照例七時起床，盥洗並更衣後，經過走廊向值夜人員互道早安，先進圖書室閱讀《聖經》，然後和夫人 Mary 同用早餐並讀報紙，早上八時正，走到橢圓形辦公室，桌上已有一疊文件，待他簽字核閱。此時他的長子 Robert 進入辦公室，給他父親看一張李將軍的近照，林肯隨即把它放在桌上可以和他對視的位置，並說他確信和平已經到來。

九時正，他的閣員已經來到橢圓形辦公室，開始進行會議，林肯突然想起早餐時，Mary 跟他提到，希望今晚前往福特戲院（Ford's Theater），觀賞當時最紅舞台豔星 Laura Keene 的演出。由於林肯的第二、第三兩個兒子，不幸在前幾年相繼病亡，Mary 極度悲傷，以致稍有精神病患的傾向。林肯伉儷情深，十分關注妻子的病狀，多年來他對 Mary 的要求幾乎百依百順，於是他立即拿起一張便條紙，寫了幾行字，吩咐隨從立即送到福特戲院。十時三十分福特戲院老闆 James 接到通知，竟是林肯要在當晚蒞臨觀劇，喜出望外。馬上動員劇院全體員工，布置二樓總統專用包廂，做好一切準備，恭迎總統大駕光臨。並在院外貼出大幅海報，標明總統今晚將來觀劇，於是民眾紛紛搶買座票，好像劇院在辦什麼喜事，可是真正喜出望外的，卻是另有其人。

John W. Booth 平時住在距離福特戲院僅兩街的國民旅社，他因曾在福特演過幾次舞台劇，跟劇院員工十分熟稔，對戲院內部格局構造一清二楚。當天中午他正在戲院隔壁的咖啡餐廳與人聊天，突然看到戲院員工忙碌異常，一問情形，得知林肯夫婦將於當晚前往觀劇，認為天賜良機，於是立即騎馬飛奔他的祕密組織，他是南軍潛伏華府的間諜，也是祕密組織的頭目，緊急召集所有夥伴，決定不能錯失這次機會，必須迅速採取行動，兵分四路，預備把總統、副總統、格蘭特將軍和國務卿同時一網打盡，而刺殺總統任務則由 Booth 自己執行。

當晚林肯總統伉儷偕同一對親戚夫婦，原來邀請的格蘭特將軍夫婦因事未能參加，另外帶了一個親信的侍衛軍官，同乘馬車，於晚十時抵達福特戲院，被引進二樓總統包廂，分別入坐戲院新購的座椅，侍衛站在門外守護，剛剛坐定，Booth幾乎同一時間溜進戲院，他熟門熟路，竄入舞台，潛伏在左側梁柱之間，下面便是總統包廂。一見總統一行進入包廂，他就輕輕躍下，躲在紅色絲絨帘幕之後，無人察覺，正當James在台上宣告總統蒞臨，總統準備揮手示意時，Booth一個箭步，走到林肯座椅背後，拔出手鎗，對準林肯後腦，連發兩顆子彈，林肯當場血流滿面倒在地上，夫人Mary昏厥，兩位客人躲在椅下，全場觀眾頓時驚慌大亂，Booth就在慌亂中迅速跑出戲院後門，跨上預備好的馬匹，疾駛逃逸無蹤。當晚戲院外面街上，沒有一個警察或特勤守衛人員。兇手揚長而去，無人阻攔。戲院內部原排的三幕諧劇還未登場，樓上卻先演出了一幕美國歷史上首位總統被刺的血腥悲劇。

暴徒 Booth 逃亡十二天後，在維州的一處農莊被追蹤包圍，他放火燃燒農莊穀倉，在亂鎗中被擊斃身亡。其餘徒眾十餘人，也在各地一一逮捕，分別判處絞刑或終身監禁，其中有個女子 Mary Surratt 是美國歷史上唯一被處絞刑的女犯。

林肯總統的葬禮於一八六五年四月二十一日在萬民悲痛中隆重舉行，他的遺體被安葬在他的故鄉伊里諾州 Springfield，其時兇手還未緝捕到案。

我曾去過那條街，進到那個福特戲院，特別參觀了二樓的總統包廂，真的難以想像，怎會讓一位偉大的總統在那狹小又無安全措施的空間，被一個演員小丑，近身舉鎗暗殺；足見當時政府部門對總統的安全護衛是何等的鬆懈。後來有個傳說，時任戰爭部長的 Stanton 和總統一向意見不合，是他有意縱容狂徒，造成行刺林肯的慘劇。是謎是真？難以查證。不過，事後無一官員因本案受到失職懲處，不免讓人產生疑慮。

巍巍的林肯紀念堂，屹立波多馬克河永不改變的雄姿，每年吸引百萬餘人前往瞻仰這座宏偉的殿堂，可能很少人會知道一百五十年前那位偉人被血腥謀害時的慘狀和悲劇現場的全無保安設施。而這偉人當年曾經說過「樂為烈士」的戲言，不幸一語成讖，所以這座已故總統紀念堂，實在也是一座烈士的神廟。但很反諷的是，南方有些人士竟也建議要尊 Booth 為烈士，真不知道這世界是否還有公理和正義？

二〇一八年十二月

光芒萬丈的自由女神

她身披綠色女神長袍，頭戴七道光芒冠冕，臉容端莊，英姿煥發，雙足一前一後，踏在截斷的鎖鍊上，右手高舉光明火炬，左手緊握一冊獨立宣言的模本，堅毅地矗立在紐約港灣的小島上，面向東南，歡迎所有從大西洋進港的船舶，發出一道明亮的指引——自由。

她站立在高壇之上，不避雨淋日曬，不畏風雪冰霜，勇敢地守住崗位，告知人們，你已平安到達這世界上的第一大港。這「第一」不僅是貨運吞吐量居全球之首，更因那座巨大海上豎像舉世無雙，是紐約唯一的精神地標。

她的名字是自由女神，她站立的小島也就名叫自由島（原名Bedloe），她的來歷，包含著一段漫長、溫馨又動人的歷史故事，極不平凡。說來至少要回溯到歐洲中世紀君主專制政體盛行的時代，各個帝國在極權統治下，人民反抗思想日漸滋長，其中法國哲學家們像盧梭、孟德斯鳩等竭力提倡自由民主的思潮，洶湧澎湃，深入民心。到了十七、十八世紀，法皇路易十四、十五、十六歷朝荒淫無度，經濟破產，更足以隨時引發人民抗暴運動，直到一七六三年看到大西洋對岸北美洲十三個英國殖民地州使用武力推倒了大英帝國的殖民統治，又在一七七六年七月四日正式宣布北美獨立，大大助長了法國的革命潛力，終於在一七八九年革命成功，推翻了王朝，把路易十六送上了斷頭台。隨後通過國民會議，發表「人權宣言」，於是在一七九二年正式產生了法蘭西共和國。可是拿破崙執政後，連年東征西討，全以武力統治，民主自由的理想再度消失，直到他最後軍事失敗，第二共和再起，甚至以後還有第三共和。

法國人熱情、浪漫、酷愛自由平等，當他們看到北美洲脱英獨立，接著解放黑奴，肯定人權平等，他們心中興起無限的欽佩，由衷的敬羨，於是很多名流學者紛紛倡議，法國人民該送美國人民一件具有崇高意義的禮物，以示兩國人民間的友誼。

就在那個年代，一位匈牙利民族詩人裴多菲寫了一首震撼世人的詩句：「**生命誠可貴，愛情價更高，若為自由故，兩者皆可拋**」。於是法國的一位法學教授、也是一位反奴役運動的領導者 Édouard René de Laboulaye（以下簡稱拉教授），首先提議，法國人民可與美國人民合作建造一座自由女神雕像，由法國人製造，贈予美國，置立於美國領土上，慶賀美國獨立和解放奴役的勝利，同時用以激勵法國人民致力推翻專制、爭取自由。

他的提議獲得兩國許多知名之士贊同，其中包括一位法國名雕塑家巴索爾地 Frédéric Auguste Bartholdi（以下簡稱巴氏）願為這個構想擔任設計和製作，於是在各方鼓勵下，拉教授和巴氏積極研商進行步驟。不過那時拿破崙三世尚在執政，還不便過於大力推動，直到一八七一年普法戰爭結束，拉教授寫了推薦函請巴氏越洋訪問美國，當他乘坐的郵輪從大西洋進入紐約港時，他一眼看到港灣中的 Bedloe 島，就在腦中認定那是建立自由神像最佳的地點。抵美之後他立即密集與美國國會議員及各方有關人士研商合作計畫的可行性和執行方案，獲得初步協議，由法方負責設計和製作自由女神像的全部過程，美方負責提供適當地點並建造置立雕像的基礎壇座，最後巴氏晉謁當時在任的格蘭特總統，取得保證美國必可提供雕像設置地點，確定了合作計畫的推動進行。隔了一天，繼任總統 Hayes 正式核定自由島為建像地點。

巴氏繼續遊走美國東西兩岸作多次巡迴演講，介紹自由女神雕像計畫，爭取廣大民眾支持。然後返回法國，續與拉教授磋商雕像外部表徵和內部構造的細節。他們一致認為，過去已有讚頌法國革命運動的許多雕塑和繪畫藝品，戰鬥意味過於濃厚，不宜採用。這一新構想中的自由女神，必須充分顯現自由的精神，用她和平的榮光，照耀世界。

巴氏找來一位他的朋友 Eugène Viollet-Le-Duc（簡稱李德氏），是一位著名建築師，和他擁有的一家建築公司，成為塑造純銅自由女神雕像的工作團隊，以李德氏為首席工程師。在他們殫精竭慮、用心構思、細心設計下，經過無數次變更改稿，最後終於決定採取了冠冕、長臂、火炬、神袍、手執書本、足踏鎖鍊的外型整體，其中最重要構造當屬頭部和手臂兩個部分，因為那是居於雕像的最高處，外觀須有吸引力、內部還要建造螺旋形的銅梯以便遊人步登峰頂，所需材料必須最上等，符合最安全、最堅固的要求，工料所費不貲，幸好到了一八七五年法國政局比較穩定，先把長臂手持火炬部分完成，在一八七六年七月四日及時運到美國費城舉行立國百年博覽會上參加展出，獲得美國人民熱烈讚賞。稍後再運頭部連同手臂到紐約麥迪遜廣場公開展覽二年，更受美國民眾歡迎。事後運回法國，繼續全部合成工程，那真是一條漫長又艱辛的道路，法國人用他們天賦的熱誠和愛心，費時十餘年，終在一八八四年底，把這偉大的傑作圓滿完成。

美國方面負責募集民資，籌建自由神雕像的基座高壇。依照負責設計的建築師的規劃，這將也是一件極為浩大的工程，因為預期中的建物，要在Bedloe島上先建一片基礎深達六百公尺的平台，再逐級升高平面，建造一片四方形類似削去尖頂後金字塔的基座，壇頂每邊長十二公尺，壇底每邊十九公尺，壇高四十七公尺（比北京天安門還高出約十公尺），壇下基礎內部採用鋼筋混凝土加花崗石貼壁，使基座堅固足以承載高達四十六公尺，總重達二〇四公噸的整個雕像。基座工程於一八八三年開始動工，但早在一八八一年啟動的民間資金募款成績不很理想，後經新聞界巨擘普立茲登高一呼，全民響應連小學生都捐出零用錢二毫及五毫，於是集腋成裘，足敷工程所需。當一八八五年六月法國把雕像全身運抵紐約港時，紐約人民約二萬人聚在碼頭熱烈歡迎。之後壇座工程積極進行雕像的安置入座工程，歷時年餘，其間雖有若干不同意見和異樣聲音，終於排除萬難，在一八八六年中圓滿竣工。

一八八六年十月二十八日，由當時總統克利夫蘭（Grover Cleveland）親自主持雕像完成奉獻典禮，紐約市百萬人民站在曼哈頓岸邊隔海觀禮，軍樂隊在陸地上巡迴演奏，艦隊在海上噴水游弋。克利夫蘭總統由渡艇登上Bedloe島，先由美、法兩方聯盟主席致開幕詞，繼由總統親自揭開自由女神銅像外掛的法國國旗，發表演講，表示：「明亮的光流，必將戳破無知和人類壓迫的黑暗，經由這座自由神像照耀世界。」（Stream of light shall pierce the darkness of ignorance and man's oppression until Liberty enlightens the world.）同時宣布那小島更名為「自由島」。

自由神雕像落成獻禮完畢後，隨即宣告，自由島和雕像即日全部開放，民眾可以免費進入參觀。但人數眾多，必須登記並限額，以免過於擁擠，影響安全維護。可是從那十九世紀末到二十一世紀初，中經兩次世界大戰和九一一恐怖襲擊事件，自由島的隸屬管轄，由於軍事、財政、經濟和觀光等多種因素，其主管單位一再變更，從燈塔管理局、戰爭部的訊號管制單位，紐約港務局、國家歷史文物保護委員會，以至國家公園管理局等等，連自由島開放和關閉也因各種理由經常改變，以致來自世界各地的觀客常常不得其門而入，敗興而返。

我在二〇〇一年十月間造訪自由島，其時管理單位規定，可以登島，但不能進入雕像內部，於是祇好搭乘渡輪到達島上，從壇座廣場的平台，向上觀望，仰之彌高，真是博愛莊嚴的偉大傑作，正如克利夫蘭總統所言，那是自由光芒照耀世界的象徵。我雖無法登上高舉火炬的頂端，但已感受到崇高理念的氛圍。之後在雕像壇座四周廣場漫步一圈，搭輪返抵曼哈頓的碼頭，回首再看女神雕像，英姿挺立，相

紐約港自由島上的自由女神雕像

信她的自由精神，必將永留人心。

在我觀看過歐美無數名人、偉人的雕像，有騎馬揮戈、揚劍威武的國王英雄們；有儀態萬方、雍容華貴的女王后妃們；有道貌岸然沉著凝思的學者大師們；無一不是雕塑藝術的精品，令人景仰，但給我最深刻印象的（林肯座像之外），則是這座自由女神巨像，我願稱之為雕像中的極品。一見之後，永難忘懷。尤其她那長臂高舉的火炬，象徵人類追求自由的熊熊火焰，真是壯懷激烈。她那從容又堅毅的崇高神態，在世界上再也找不到第二支手臂能有那麼巨大魅力，讓人振奮。

她不是代表任何人物的偶像，也不是代表任何宗教的偶像，而是代表全人類崇拜自由的偶像。

所以我每到紐約，即使不去自由島，也必遙遠地向她注目致敬。但對曼哈頓那些摩天大廈，不敢也不想多看一眼，因為我相信九一一那天，女神隔岸眼看兩幢雙星大樓被狂徒摧毀時，她一定在流著眼淚。

二〇一九年一月

自由女神目擊九一一慘景

墜樓記

那是很重要的一個日子，很歡樂的一個日子，卻也是很驚恐的一個日子，總之那是一個不會忘記的日子。

一九九七年五月十九日，星期天，那日天朗氣清，豔陽高照，雖有微風輕拂，還是擋不了烈日的炎熱。那天是我外孫 Jon 從維吉尼亞大學（University of Virginia 簡稱 UVA）畢業的日子，我們當然要去參加他的畢業典禮。清早便自李斯堡市（Leesburg）開車出發，駛往維大校址的夏洛蒂市（Charlottesville），車程不到二個小時，遠遠已能看到教堂高高的樓頂，知道已經到達了目的地。

　維大（UVA）是由美國憲法的起草人，也是美國第三位總統的傑弗遜（Thomas Jefferson）所創辦的美國第一所公立大學，同時參與創校的還有另二位繼任的總統麥迪遜（James Madison）和孟羅（James Monroe），他們三位都擔任維大創校首屆董事會的董事。一八一九年維大創立時孟羅正是在任的總統，所以由傑弗遜和麥迪遜共同首任維大校長（rectors），維大的創校宗旨、教學規劃和校園設計等早由傑弗遜親手制訂，因之維大是美國最具歷史性的一所大學。

參加外孫在美國維吉尼亞州大學一九九七年畢業典禮

傑弗遜之所以熱心和細心策劃，目的是在期望維大成為美國對各門科學作最高研究的學府。早在一八三六年維大同時成立了三個工程學院，便是美國的大學之中首先作出的創舉。再經一、二百年的不斷努力，被卡內基基金會（Carnegie Foundation）評定維大是具有高度研究的研究大學，更被聯合國教科文組織（UNESCO）指定為世界遺產（World Heritage）的學府，可說不負傑弗遜的遺願。

一踏進校園，舉目所見，果然不同凡響。首先接觸視界的是一片極大的草地（Lawn），綠得油油發亮，美得真如「芳草碧連天」。因為它的面積寬廣，草色迷人，四周都是極有紀念性的建築物，無形中這塊草地廣場成了全校的中心象徵，而這個草地的普通名詞，也變成維大特有的專用名詞 Lawn。

草地北端正前方，有座莊嚴宏偉的紅白圓廳（Rotunda）坐北朝南，氣勢非凡，顯然是校園內最主要的建物。草地南端遙遙面對圓廳是老凱貝爾堂（Old Cabell Hall），東西兩邊則各有十座亭閣樓房，各具不同型式，每座亭樓空間又有不同設計的花園，整個校園主區形成長寬對等的U字圓型，全部都是按照創辦人傑弗遜的構想，由建築師繪圖營造而成，並以Lawn為核心，也就是維大每年每屆學生畢業典禮或舉行其他慶典的必定場地。

那年，一九九七年，維大一百二十一系所約有四千個畢業生也將在Lawn參加他們的畢業典禮。我的外孫Jon雙修經濟學和英國文學兩門主科，成績優異，當然也是四千畢業生中之一。他擅長攝影，在他畢業之前，特別感謝他把二張得意作品，放大配裝鏡框送我作為禮物，那二張他母校風景照片的主題，一是晨曦中的Lawn，另一張是透過Rotunda斜角拍攝落日的夕陽，無論角度、取景、色彩，都是豐

維吉尼亞大學的草地 Lawn

富的美感，也充分呈現維大校園秀麗的景色。所以當我踏進校門的第一步，立即就有似曾相識的親切感。

五月十九日當天，氣候良好，因之到校觀禮的來賓，包括學生家長、親友、校友，以及各界人士，據說多達二萬五千人之眾，以致校園每個角落無不擠滿了人群，周圍建築物的樓台同樣站滿了人，真是漪歟盛哉，熱鬧非凡。草地中央排滿了幾千張折式坐椅，面對圓廳和廳前的主席台。我們的座位，被安排在中段稍前的行列，視線清楚，主席台上的動態，可以一目瞭然，只是烈日當頭，不停揮汗。

典禮預定十時開始，主席台上已有教授和貴賓們穿著博士袍服、戴著博士冠冕陸續登台就座，畢業學生分從 Lawn 的四周魚貫進到圓廳前面，他們也都穿了黑色學士袍，但大多數人卻拿著方帽在手中把玩，似乎等待拋帽遊戲時可以拋得最高最遠。

美國的大學從來就把學士畢業的日子稱為 Commencement Day，畢業典禮稱為 Commencement Ceremony，意在勉勵畢業學生，這天是人生另一階段的開始，要為新生活開始做好準備，他們的拋帽和其他活動，正是他們歡欣雀躍的表現。學生組成的樂隊也在場熱烈吹奏校歌和其他興奮樂曲，更助長了歡樂氣氛。

距離典禮開始時間不到十分鐘，校長同樣穿著博士服帽，走上主席台，和先已在座的貴賓們一一握手，然後轉身正要準備致詞時，突然似雷般的一聲轟隆巨響，東邊亭閣廊樓立即冒起一團濃黑塵煙，所有在場人士，一時驚惶莫名，以為恐怖分子突擊維大（曾經有過被襲的例子），紛紛起立要想逃避，場面大亂，接著警笛呼嘯大鳴，多輛消防車和救護車開進校園災變現場，人心更為緊張。所幸擴音系統不久便即大聲播報，籲請大家安定，各就原位，剛才的巨響，是因屋舊人多，不堪承受重載，以致樓塌，並非恐攻事件，但所有原定典禮活動節目，全部取消。大家聽了，雖無安全之虞，總是不免有所遺憾。

稍後根據各方報導，塌樓位置發生在第一號亭閣，那是英國女皇伊莉莎白二世曾於一九七六年訪問維大時被接待停留的地方，一直保有許多紀念性的文物。樓板崩陷時，約有百人隨之墜入十四英

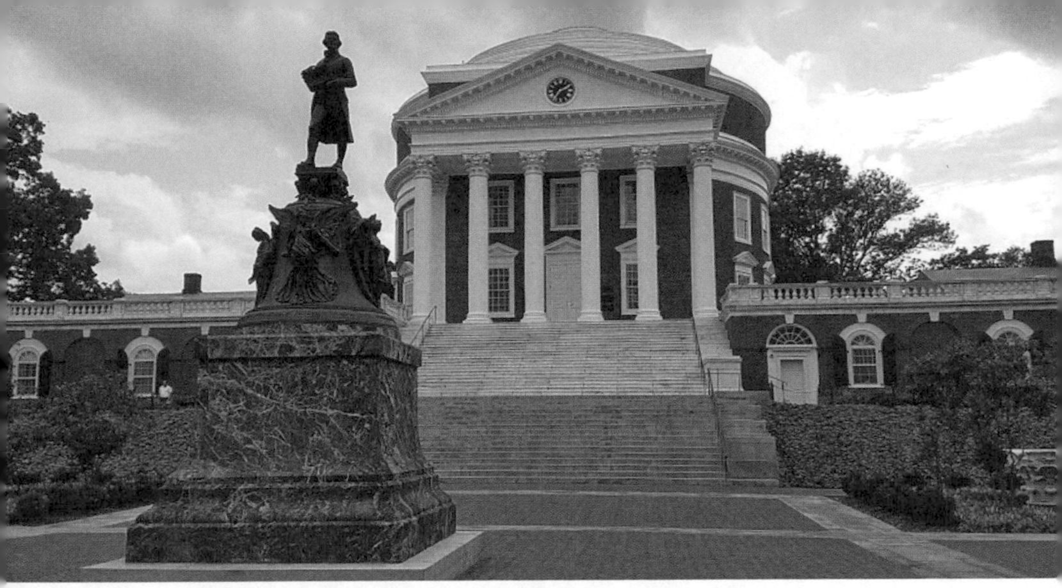

維吉尼亞大學的行政中心紅白圓廳 Rotunda

尺高度的下層，以致眾多人士受傷，由救護車運至維大醫院急救，不幸其中有位年逾七十歲的婦女，傷重不治，就在醫院殞命。她是為了她的孫子，本屆從醫學系畢業，特地遠從德州（Texas）趕來參加她孫子的畢業典禮，孰知竟因墜樓傷命，誠屬天大憾事。其餘重傷者十八人，或骨折，或斷肢，均留院醫治。把一件原應歡欣鼓舞的喜事和一個慶賀祝福的日子，變成悲哀傷痛的黑色星期天。

事後報章雜誌對此災變紛紛予以指責批評，維大校方也不能不承認於校園維護管理上有所疏失，對一直享有盛譽的 UVA 來說，當然留下一大汙點。對當天所有在場人士（包括我們在內）來說，一場震天虛驚，終於平安度過，已是不幸中的大幸。

不過對我個人而言，真有奇妙的巧合。事隔六十五年前，我親身遭遇與維大事件的同樣經歷。那年仲夏，我參加江蘇省立蘇州高級中學的入學考試。蘇高是江蘇省中名校之一，考生眾多。我的考場是在右側長排校舍的二樓，第一場國文課考試完畢後，考生和陪考家長們都在教室外的長廊靠窗牆站立，等候第二堂英文課試，就在那幾分鐘時間，首先聽到所站樓板有吱吱開裂的聲響，心中似有危險預感，未料不過數秒鐘之後，我所站的二樓中段地板，果真砰然一聲巨響，樓板立即下陷，考生們隨之紛紛墜地，當時我的雙手，緊緊抓住窗檻，寄望等待救援，可是不到二分鐘，手臂已經乏力，於是迅即同樣下墜，四肢受創，昏厥過去，不知經過多少時間，我已躺在醫院病床，幸經醫生診斷，僅是外傷並無大礙，也不致因傷成殘，祇是想考省中的願望，隨之落空。

事後回想，兩次墜樓事件，相隔六十多年，都是發生在校園之內。按理學校應是黌宇庠舍、堅牆厚壁的地方，不虞屋崩樓塌（抗戰時期西南聯大在雲南，即使竹籬茅舍，弦歌不輟，當屬例外），尤其像UVA那樣知名學府，校舍俱有百年以上的歷史價值，自應妥善維護，何以竟在那樣重要的日子發生墜樓，導致一人死亡、數十人受傷，實在令人百思不解。

梅貽琦校長曾經說過這樣的話：「大學之大，不在有多少大樓，而在有多少大師」，值得深思。

二〇一九年一月

死海裡的寶藏

我曾登上美國最高峰頂，標高14,110呎的派克斯峰，固然距離喜馬拉雅山聖母峰的29,029呎的高度還不到一半，但我卻到過世界上最低的海水面，或地球上露出陸地的最低地平面，也算有個「最」字紀錄，那是位於中東，與以色列、約旦和巴勒斯坦三國國境相鄰的死海（Dead Sea）。

海之被名為「死」，看來和聽來都不太吉祥，但其名稱自有其淵源。死海是夾在上述三國中間的內陸海，長六十七公里，寬十八公里，水面面積約八百平方公里，是南北向狹長形的內海，水面和海岸低於海拔四百三十公尺，是地球上最低的水陸平面。更因很多天然地質的複雜因素，海水含鹽度極高，表層水面鹽質高於一般海水六・五倍，深層水更高達八・五倍，任何生物無法在海中存活，是為死海名稱由來的主因。更由於死海水源來自上游的約旦河，但此海並無下游出口，水源只進不出，形同走進死巷（dead end），於是稱之為死海，似也不無理由。

但《聖經》上並無使用「死海」這一特定名詞，雖然經文中多處散見「死亡的海」（sea of death）或「鹽之海」（sea of salt）字樣。阿拉伯文則稱之為「sea of Zoar」，是在聖經時代以其鄰近的村莊為名，都表示具有悠久的歷史性和宗教性。另一個故事，更具重要的宗教意義，《聖經・馬太福音》第三章第十三節記載耶穌從加利利來到約旦河，遇到約翰正在給很多人施洗，耶穌要求也要為他受洗，約翰應允為耶穌作洗禮。當耶穌受了洗，從河水裡走上來，隨即出現天開的異象，顯示了上帝的喜悅，也見證了耶穌的淚水和汗水已經隨同約旦河水流進了死海，充分賦予死海宗教上的神聖性。

死海雖因生物不能在其海水中存活而背負此名，但對人類卻因其海水鹽度特高而不致沉溺，且可在水面上載漂載浮，成為游樂之湖，因之海的周邊國家還在多處海灘設置觀光遊覽區，那麼對人而言，豈不可以稱之為快活的海，或簡稱活海。

我曾偶有機會訪問約旦王國，並蒙陳衣凡大使陪同往遊死海，從約旦首都安曼出發，循第65號公路（號稱世界上最低的道路）車程不過一個半小時，到達海邊渡假村。沿途所見，雖無美麗景色可資觀賞，但一路看見不少聖經故事的遺蹟。將到公路盡頭時，也看到政府在那裡建立的一塊石碑，上面刻著清楚的英文字句，寫著「世界陸上最低地標，低於海平面1,291英尺，一九七二年立」，於是我們拍了一張相片，留作紀念。

渡假村裡有幾家渡假旅館，也有海濱沙灘，規模不大，遊客也不多。我們進了一家旅店，用了簡單午餐，然後換了鞋褲，從旅店向下步行踩上沙灘，直到海邊。看到海面上有些年輕人和愛好嬉水的遊客，

世界最低點地標

半裸身體，浮在水上，或用一塊塑膠布仰臥其上，順水漂流，絕無下沉之虞，看來倒也滿有樂趣。我和陳大使脫去鞋襪，捲起褲管，涉水踏進海面，走了十幾步，足腿自有不同於平常清水的感覺，於是不再繼續走向深處，大使（曾是空軍上將、空軍總司令）笑道：「如果我是海軍上將，一定拖你下水」，言下之意，他也不想真的下海。徘徊了十幾分鐘，選了一處沙灘上所設彩色陽傘和躺椅的休憩座位，就在海闊天空的圍抱下，喝著飲料，邊談邊笑，悠閒欣賞這個世上稀有的地下海上風光。

說實話，海岸四周，沒有青山翠谷，沒有碧海藍空，海水呈墨綠色，海上無帆舟，天上無飛鷗，當然不能和夏威夷的瓦基基或佛州的邁阿密那樣多姿多彩，相提並論，也算不上是個秀美的觀光勝地，但也不妨從另一意識層面來看她的特色。

其一，人入海中，即使不會游泳，也不致下沉，即此一點，便足吸引具有好奇心的觀光客到此一遊。

其二，身染重鹽海水，不知是何滋味，是否皮膚成為醃肉，何不親身實地一試？

其三，海域周邊有不少永不停流的溫泉，空氣中有較高含氧，較低紫外線，加上高鹽海水中的特有物質和泥巴，對呼吸系統、皮膚病和囊腫纖維化的病患，有很好的治療效用，讓觀光之旅兼為健康之旅。

之外，死海既無下游出海港口，便非海上航運通道，也就沒有海上霸權之爭，所以自古以來，從無戰艦、潛艇等出現在這海域，當然也從未有過戰爭或海盜喋血事件，因之歷史上數不盡的海戰烽火，都不可能在這海域發生，如果稱之為「和平之海」，不亦善哉！

筆者與陳大使攝於死海沙灘

再看死海的自然景觀，既無美不勝收的湖光山色，祇是永遠默默地、寂寂地、無風無浪地躺在深谷之底，真是一個沉睡的湖泊（a sleeping lagoon），此情此景，如有詩人高士，深夜端坐其岸邊，無塵埃之擾，靜思因果，超越未來，吟詠雋雅的詩詞，不亦美哉！

還有高鹽質的海中，蘊藏著極豐富的多種礦物質和化學物，可以提煉出鉀類、鈣類、鈉類、鎂金屬類、含離子的溴化物，以及由黑色卵石中釋出的瀝青等等，不一而足。因之鄰海國家咸能利用死海中的寶貴資源，設廠大量製造化學產品，出口外銷，賺取外匯。以約旦為例，單從礦業生產，每年就能獲利數百萬美元，占其國內生產總額GDP的百分之四，對其經濟發展大有助益。其他國如以色列的生產製造規模，更為龐大，收益更多。說死海如同一個寶藏，並非誇大之詞。

不過這個千萬年前因地層崩裂而墜落在深谷的內海，現正面臨嚴重威脅其生態的一個重大難題。按照常理，上游水源流進海內，卻無下游出口，那麼海水累積會有氾濫之虞。如今事實正好相反，海水平面的高度逐年下降，過去二十年中的水位，已經降低了百分之三十，平均每年下降幅度超過一公尺，以致海域生態出現異常現象，專家們指出，海水面持續下落，成因至為複雜。歸納言之，主因有四：

1. 約旦河上游農墾開發擴大，需要水利灌溉，以致河水進入死海流量大幅減少。
2. 由於氣候變化，死海的蒸發度升高，蒸發量超過進水量，蓄水量隨之降低。
3. 海域降雨量，平均每年不到三英寸，加強了海域的氣溫變化。
4. 海床出現五千多個石灰岩豎洞，而且尚在增加中，具有意想不到的吸力，影響海面上的人舟安全。

一位英國籍的探測專家，沿著海岸線步行作實地勘察，走了不到一小時，已是氣喘汗流不止，劇烈感受到海域生態和氣候變化的強度。海域周邊三個國家當然對此深為憂慮，也引起國際組織的關注，探討如何維護海域周邊生態和穩定海面高度。於是有了開闢兩海（含紅海）之間運河的構想。計畫的正式名稱是 Red Sea — Dead Sea Water Conveyance，亦可簡稱為兩海間的運河（Two Seas Canal）。設計的基本概念是從紅海邊的 Aqaba 市經約旦國境到死海邊的利賽區（Lisan）鋪設導管，全長一百八十公里，把紅海的水稀釋鹽分後，透過導管輸送到以色列、約旦和巴勒斯坦三個國家，不僅用以穩住死海的海面高度，還可提供三國的灌溉用水、人民飲水，以及水力發電用水，當然是一舉數得、多功能的良好計畫，所以還被稱為「和平導管」（the

Peace Conduit）。但因這項計畫工程浩大，估計需費百億美元以上，厘經磋商，終獲世界銀行貸款支援，三國政府於二〇〇五年共同簽署協議書，協力推動該計畫的進行，由於管線經過地區都在約旦王國境內，所以一致同意，工程由約旦國分幾個階段負責執行。

祇是這個遠景美好的圖案，畫面美麗動人，對各國人民福祉大有助益，可惜由於三國之間歷史性的政治糾葛，計畫的實際執行，一直停滯在研究商議階段，實質工程的啟工時間，一延再延。約旦政府雖一再聲明，不顧異議，決定在二〇一八年啟動第一階段工程，預計二〇二一年完工。直到現在，工程實際進度如何？能否如期完工？尚待觀察。至於全部工程將來進展如何，更是遙不可及。

從太空攝影看死海，僅是地表上的一個小窟洞，但那個小窟洞周邊千萬人民的禍福，卻繫於小洞的是利是害。人定能否勝天，要看人的智慧。中華文化對宇宙向有傳統的「敬天」觀念，也就是「天之所欲則為之，天所不欲則止」的順天思想，用現代術語來解讀，那便是尊重自然生態，做好環境保護。易言之，逆天之舉，必難獲得天助，終難成功。

一次偶然機會，讓我到達世界最低的極地，更意外地讓我接觸和認識到自然界天和地、海和水的異常變動，影響人類生活至多，不禁喟然嘆曰：浩浩其天，能不敬乎？

二〇一九年二月

龐貝懷古

義大利南部第一大城拿不勒斯（Naples），面向地中海，藍天碧波，風光綺麗，還保存了古羅馬時代許多歷史文物古蹟，每年吸引從全世界來此遊覽的觀光旅客，不下四、五百萬人。他們或在海濱沙灘嬉水、衝浪划舟，或登山頂參觀古堡城樓，更多人去教堂、宮殿、博物館瀏覽藝術文物精品史蹟。眾多遊客之中，也許會有一部分人士，轉往海灣另一端的另一個歷史陳跡，是一個悲劇的苦難場地，也是墳場。

前文提到我曾去過地球上最低的地平面，這次我卻去了世紀前六、七百年就已存在，但被埋在地下近二千年後又出土的一個遺址龐貝（Pompeii），其實我認為那個中文譯名應該是「傍悲」。

那裡有一個人類歷史上罕見、且極悲慘的故事，那是一場史無前例的天災巨變，由於火山爆發，把整個城市埋葬在地下，人畜無存，其慘烈甚至被有些異教人士冷峻但不一定公平地指為天譴。

龐貝原是一個景色幽美、氣候宜人的好地方，面積不大，約有七十公頃，在她旁邊有條河流Sarno River，滋潤著那塊土地和人民，所以農產豐饒，而且河流直通地中海，也所以使龐貝成了貨物輸出入的集散中心。西元前六、七世紀古羅馬帝國統治時代，北邊富裕人家逐漸遷移到這個城市居住，人口增至一萬餘人，人民生活急速羅馬化，且被授權成為自治都市，公共設施漸趨完備，在當時可算一個相當繁華的小城，而且和海灣對岸的拿不勒斯同是義大利食品 Pizza 的發源地。

不過有個潛在的危險，一直威脅著龐貝的生存，那是離她不到十公里處有座維蘇威火山（Vesuvius），常有中度或輕度地震，居民已經習以為常，不以為意。但到紀元六二年，一次強烈地震，毀了龐貝城很多物資、民宅，以及包括道路、城牆、橋梁等公共建設，民眾開始產生恐懼，但仍有充分信心，從事災後復建工程，可是社會治安不免有些紛亂現象。更難料到，距上次地震僅隔十七年，紀元七九年的八月二十四日，維蘇威火山突發巨威（爆發日期有多種不同說法），連續六小時大量噴出岩漿、礫塊和塵埃，直接射向龐貝古城上空，整體降落，霎那間，古城全部被埋在厚達二十五公尺的岩漿泥石之下，這場萬劫不復的災難，把古城所有居民、牲畜等凡有生命的動植物，全部歸於死亡，無一倖免。

依據許多地質學、地震學、氣象學的專家們研究，一致認為，當年維蘇威火山爆發、噴出巨量岩漿時，古城上空，籠罩著廣大又厚實的墨黑雲層，溫度高達攝氏二百五十度C，落在地上的層層漿石泥土累積成十二個層次，在層層重壓和灼熱高溫之下，人類迅速窒息死亡，以致整個城市頃刻消失，乃屬必然之事。

直到一七四八年，偶被一名農人發現若干古城磚牆遺跡，傳聞之後，竟有偷盜古物出售情事，義大利政府開始重視保護古蹟，並請考古、地質學者專家，進行研究，採用科學方法，開始有計畫、分階段的挖掘工作，到了開挖工程進展至約近總面積三分之二時，發覺遺址內出土的殘燼，如房舍、道路、橋梁、城牆，以及人畜骨骸等都還保持相當程度原有的形貌，甚至有些屋內牆上掛的圖畫藝品，埋了近二千年之後，居然尚未腐蝕，引發好奇。後經專家們解釋，火山岩漿噴出時的溫度雖然高達二百五十度C，但落地後逐漸冷卻，加上那些厚積的漿塊礫灰多達好幾公尺的厚度，溫度不斷降低後，成為天然冷藏冰庫，不受外面氣溫影響，以致保溫在零度以下千餘年，物質不致腐爛。這樣的奇蹟，當然可稱天下奇觀。但對挖掘工作，也增加了更須高度謹慎的壓力。

當我們踏進古城廢墟遺址區內，我的第一個感覺是，這兒出奇的清靜。既無車馬之喧，也沒有塵市之囂，有的衹是遊客們的輕聲對話，象徵這座沉睡了二千年的古城還未完全甦醒。第二個感覺是，這兒沒有排碳的交通工具、沒有高聳冒煙的煙囱，當然更沒有高樓大廈的遮天蔽日，所以這兒是環保優良的地區，很難想像這兒曾有的黑色恐怖。

稍後漫步走進古城昔日的市區，大街小巷，縱橫交錯，全是東西或南北直向，類似「井」字型或棋盤型的城市設計，街道兩側都有排水溝渠，住宅房屋大小不同，顯有貧富之別，但排列整齊，門口都有二、三級石階方便進出大門，大街寬度約五公尺，小巷約二公尺半，街面用石板鋪設，平坦易行。走進一戶較大房舍，內部隔間分明，稍為寬敞的一間應是客廳，牆上竟還掛有一張畫框，尚未完全褪色，想是較為富裕人家，比到博物館參觀，更覺實在。但是不知何故，所看房屋，皆無屋頂，後詢導覽人員解說，大概是層層積穢過於沉重，以致大部分房頂屋脊都被壓垮，不過磚牆豎立，承受壓力面較小，所以還能保持原樣。之外，還看到幾處公共廁所和

龐貝古城遺址

公共洗澡場所，看來當年的龐貝已有相當不錯的都市規劃，真是不易。

古城遺址已開挖的面積約有三分之二，我們祇看了部分住宅區域，就再轉到比較空曠地區，有石砌的城牆、山坡的綠地，還有一、二處好似寺廟的殘破屋宇，大概當時民眾也有神明的信仰，而最讓人驚豔的是一座圓形廣場，完全仿照古羅馬競技的模式，圓周四邊都是層次分明的石板看台座位，大概是供演劇、奏樂或運動的場所，由此可以想見昔日的繁華，如今遺跡尚存，人物全非，代表了那座古城的滄桑。

最後我們站在一處較高地點，可以略觀古城的全貌。遙想二千年前那場人類浩劫的慘劇，數千戶上萬人的居民，或是男耕女織的白日，或是工作後在家休憩用餐的傍晚，突然之間天搖地動，上空變得烏黑，那不是尋常的陰暗，也不是無月的夜黑，而像一間黑屋裡光線熄滅、伸手不見五指那樣的墨黑。那從天而降的黑幕，毫無空間讓人能夠摸索，或做任何逃避的行動，而且那黑幕繼續不停下垂，壓在他們的身上，全無抗拒能力，也許幾分鐘之前，父母、夫妻、子女都相互緊緊擁抱，祈求或等待神明拯救，無助無奈，最後希望全部歸零，死亡就是他們生命的終點，黑窟是他們長眠的墓穴，給歷史留下難以抹滅的紀錄。

我們站在那兒觀望良久，愴然欲淚，實在不忍繼續逗留，心中反覆思想，所謂觀光也者，是觀看那光得一無往日所有的廢墟值得回顧？還是對古城平添些微追思或鑑賞的情懷？不免悵然若失。

歷史連續記載宇宙和人類所發生的事跡，有浪漫的，有無情的，我想龐貝可能是歷史上最無情的一頁。凡屬古老的歷史，即使一個墳場，無不包含著人類悲喜感情和經驗的累積，幾乎都是一種藝術珍品。王羲之說得好：「後之視今，亦猶今之視昔」，寫史者或讀史者，懷古思幽，皆可作如是觀。

二〇一九年三月

理髮店的故事

「爺爺，您剛才睡著了」，耳邊有個輕聲細語，讓我微微睜開眼睛，身旁的理髮小姐替我刮鬍完畢後笑著對我說。驀然另一個耳朵聽到另一溫馨話語：「不要怕，不要哭」，同樣輕柔，但恍若隔世。沒錯，那兩句不同的話語，不同的情景，時間上確實相差了幾近百年的整個世紀。

我一生中第一次理髮，大約是在民國十年。那時男孩已可不須蓄髮紮辮，可剃平頭，所以母親打發傭人喚來一名髮匠，挑了一副擔子，在大廳放下，取出工具，是一把剪子，一把剃刀，我一看嚇了一跳，不想剃頭，母親拿把椅子，把我抱在胸前，坐在她的腿上，連說「不怕」，髮匠運動刀剪，剪不到十分鐘，完成作業。我因坐在母親懷抱之中，並不懼怕，再從鏡子中看到自己頭部果然清潔光亮。這是我初次理髮的經驗，從驚嚇到滿意。

之後上了小學，縣城大街上開了一家理髮店鋪，我已能夠自動前往店鋪理髮，不過那時的理髮店內設備簡陋，清潔標準很差，當然也無理髮用的電器工具，但我已視理髮為例行常事，不再懼怕。

再過幾年，去蘇州上中學，去上海讀大學，那裡都是大城市，理髮店都稱理髮廳，裝潢設備都很華麗，牆壁上還掛些字畫和圖像，更增氣派。記得蘇州有家離天賜莊東吳大學不遠處的理髮廳，門面不大，但內座寬敞雅潔，最引人注目的是牆上兩條長大的對聯鏡框，上聯寫著「磨礪以須，請問天下頭顱有幾」，下聯是「及鋒而試，且看老夫手段如何」。聯句和書法都有萬丈豪氣，不知是哪位名家大作。終於有位教師問店主這幅對聯的來處，他竟答稱，那是翼王石達開的墨寶，從上海一家舊書店買來。但因沒有印章，也沒落款，所以是真品或贋品，不得而知。不過這幅聯句，掛在理髮店內，倒是適得其所。

再後多年，中國大陸各地理髮業愈來愈興旺，上海的理髮廳，更是裝飾得富麗堂皇，儘量想讓理髮服務成為享受的事業。記憶中一九四〇年代，上海有部電影，名叫《假鳳虛凰》，就以「時代理髮館」為主要場景。我已不太記得影片的情節內容，但對兩件事物一直留有印象：一是大門口左右兩旁牆上，各置一個紅、白、藍三色電動旋轉的圓柱筒；二是理髮師都身穿白色外衣。影片中屢次把那兩個特色，攝成特寫鏡頭，原來還有其歷史性的故事。

有個傳說，十九世紀普法戰爭時，在某一戰役，法軍敗陣後撤，德軍乘勝追擊，但在一個三岔路口，德軍不知該向何方進攻，正巧看到路旁有個法國人民，於是問他法軍退往哪裡，那個法國人故意手指錯誤方向，因之法軍得以撤到安全地帶。戰後法國政府，查明那個忠貞愛國的人民，是個理髮師，特許他使用法國國旗的紅白藍三色，作他理髮的標誌，可是這個標誌，因為沒有商標專利權，所以全法國（甚至全球）的理髮店，盛行以此標誌為理髮店的象徵符號。

另有一種似較可靠的說法，中世紀以前，歐洲的理髮師通常兼做簡單外科手術和拔牙工作，那時旋轉圓柱上的紅色代表血液，藍色代表靜脈，白色代表繃帶。後來到了十二世紀，法國規定理髮師不得兼營外科手術，英國也規定，理髮店的招牌圓柱，只准使用藍白二色，也停止理髮師穿著外科醫生專用的白色長外衣。不過事實上各國人民

美國愛荷華州一家小理髮店

早已習慣把三色或二色的圓型旋轉筒認知為理髮店的標誌，不管幾色，都無爭議。

不要小看了理髮行業，從挑個擔子開始，幾百年後，有些理髮店，已經成為大規模的連鎖企業，分店或加盟店數百家，遍布全國，員工上萬人，服務全民。不過有些城市以外的鄉鎮，倒還保留幾許傳統理髮業的本色，給人們留些舊日情懷。

寓美期間，聽了許多有關理髮店的故事，有很好笑的，有很感人的，尤其每年在開學前，學生們奇形怪狀的髮型需整理時，還挺有趣味的，也給日常生活中，添加若干調味的佐料。一般來講，美國人民對理髮行業普遍都很尊重。這裡姑舉幾個故事為例：

在愛荷華州（Iowa）杜布克市（Dubuque）一條小街上，有家理髮店，店主是黑人，有愛心，喜歡讀書。某年秋季開學之前，他向社區宣布，凡是貧困家庭的孩子，到他店內，從書架上取下任何一本書，朗聲讀完一節書文，就可免費理髮。他這一號召，引來了很多清寒家庭孩童競去理髮，實則是競相讀書，一時蔚為風氣，全市民眾熱烈響應，全州的慈善團體紛起支持，捐錢購書、購車作流動圖書館之用，大大推動了兒童讀書興趣，進而成為一個全國性的運動。隨之這家首創讀書免費理髮的 Speak Family Hair Salon，成了全美知名的理髮店。

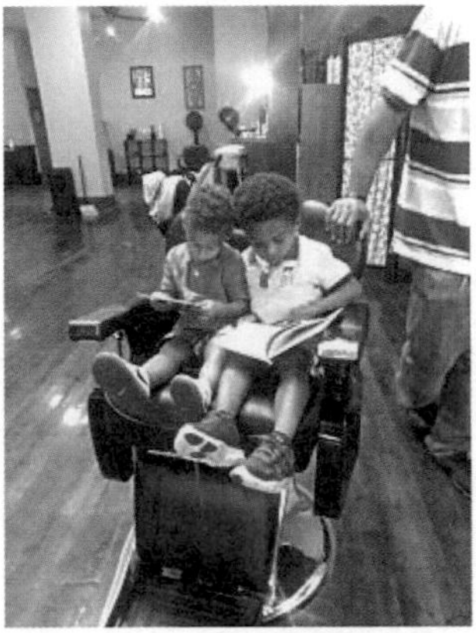
鼓勵兒童讀書的理髮店

賓州費城有家理髮店，那位店主除理髮外，還以擅長修剪鬍髭聞名。某日來了一位陌生顧客，看來很有氣派，但滿臉鬍鬚顯得非常雜亂，店主請他坐上椅子後，問他要修歐洲式、阿拉式，或東方式的髮型，客人答以只要美觀即可。店主表示將給他修剪一種紳士型的髮式和鬍式，細心工作完成後，顧客極為滿意，並給這家髮店取名為「Gentleman」。原來這位賓客是剛卸任的州長，店主大喜。從此大門口除了那個旋轉的三色圓筒外，多了一塊亮麗的「紳士」招牌，生意也隨之更為興隆。

舊金山東灣區的摩拉加（Moraga），我在那裡住了十七年。鎮上有家距我住處最近的理髮店，好像也是除了標誌性的旋轉圓筒外，沒有店名，因我常去理髮，知道店主的名字是Michael，也常和他聊天。麥克理髮很認真，一絲不苟，即使細細一條髮屑，必定清理乾淨。我問他業餘後做些什麼活動，他說喜歡去到深山野外峽谷狩獵，難怪他店內陳列了不少動物標本和圖片。我也問他，獵獲以哪種動物為主，他答稱以羌鴨和麋鹿最多。我又説 Moraga 四周山區不缺鹿鴨，何以捨近就遠，他的答覆倒很感人。他説：「牠們是我們這裡的鄉親，不忍殺之。」我給他翹個大姆指，他微笑表示接受。

可是至今我仍然不知，究竟從哪個時候或從哪個地方首開風氣之先，理髮在台灣幾乎成了女性的專業。在我記憶中，至少在上世紀後期之前，未曾見過女生服務的理髮店，國外亦然。而如今似乎很難找到一家男性理髮師的店鋪，確實不知何故。我這樣疑問，絲毫無意藐視女子理髮專業的尊嚴，相反地，耳邊那句輕聲細語，倒是感到無限溫馨。畢竟理髮是予人舒適的服務行業。

二〇一九年二月

長木花園

什麼是花花世界？何處有花花世界？這裡便是。

距離美國賓州費城很近，位在白蘭地溪谷（Brandywine Creek Valley）之旁，地名是甘內德方場（Kennett Square），有一個美國最大私人經營的花園，名叫長木花園（Longwood Gardens），請注意那英文名稱最後有個字母「s」，表示多數之意，那就是長木不僅為單一的花園，而是眾多的花園。

讓你想像不到，這座私人花

長木花園噴泉

園，面積有四百三十六公頃之大。園內除了沒有山岳之外，不論草本木本、喬木灌木的植物，或姹紫嫣紅、芬芳碧綠的奇花異草，世界各地的珍稀品種，無所不有。加上花園整體的設計規劃，到處可見的噴泉溪流，林蔭深處的曲徑步道，以及湖泊草坪相間的園地，真可以說，這是集森林、花園、池塘、小橋等詩畫中最佳景色的大成，讓你置身其境，感到美不勝收。

這片園地的歷史，本是屬於原

住民所有的農地，以耕稼捕漁為業。到了十八世紀，有外來移民購買土地，改良種植方法，使用比較進步工具，但仍屬農場性質。之後更有設置林木加工的工廠，開始稍具現代化的樣貌。直到二十世紀初年，法裔美籍實業家杜邦氏（Pierre S. DuPont）看到這塊土地，還聽說原住主要砍伐地上樹木，於是在一九〇六年買下整片地產，改作他多年構想經營花園的基地。

杜氏是一位成功的企業家，家財富足，生平最大志願，要在美國建造一座盡善盡美可讓民眾共同享受的植物花園（botanical garden）。在他的構想中，園內樹木必須高大，花卉必須瑰麗，因之首先給園定名為「長木」「花園」，作為以後營造標的。他的企業在他決定開發長木花園後，特別發布一項「任務宣告」（mission statement），說明「長木花園是杜邦先生期望透過最優美的花園設計、園藝文化、教育與藝術、給予人們鼓舞的現實贈物。」（Longwood Gardens is the living legacy of Pierre S. DuPont, inspiring people through excellence in garden design, horticulture, education and the arts.）

由於他的豐富構想和理念，長木花園在之後的數十年間，不斷致力於搜集世界各類植物花卉品種、在他園內進行種植、栽培、改良、繁殖、推廣等工作，同時營造公園的最美景觀，其目的就在創造一個花園中的花園，也就是要在一座大花園中包含許多小花園，或者也可稱為花園外的花園，便是走出一個花園，外面另有一個花園，簡直就像一座花園迷宮。而且花園又有屋內和屋外之分，屋外花園當然就是一般的露天花園或花圃，屋內花園則是保持常溫的花房，沒有風吹雨打的傷害，一年四季都有鮮豔茂盛的各色花朵，可供觀賞。這種花房，各依不同的花種，建造約有籃球場大小，二層樓高的玻璃花房，總共二十餘幢，分布園內各個區域，設計精良美觀，極受遊客喜愛。

另一備受歡迎的景觀，是遍布園內的許多噴泉水池，有圓形、有方形、有橢圓形，有長方形、有不規則圖形，噴出泉水的姿態，也有不同的樣貌，配以燈光，更有不同色彩，也更充實了長木的造園藝術。

杜邦於一九五四年逝世，享年八十五歲，在他有生之年，看到他的造園計畫逐步實現，應該感到滿意，其中包括興建一所專研園藝的學校，與德拉威州立大學（University Delaware）合作，借重德大教授師資，在長木花園內成立了專科學院，招收有志於林木、花卉、園藝的青年入校進修二年，畢業後獲得文憑，可以自力經營花園，也可加入長木，成為長木工作團隊的生力軍。就讀期間，學費全免，實現他「以優良多元的教育計畫貢獻社會」（contribute to society through excellent and diverse educational programs）的志趣。

長木花園園景

我和家人一車三代六人，於一九九二年仲春，初次參觀長木花園群，買票進入園內，踏上園林大道，首先就有氣概不凡的感覺，對創辦人當年的精心規劃和他後裔繼其遺志發揚光大興起欽佩之心。再過一座樹林和噴泉，陽光明亮，四周遍地萬紫千紅的花海，真如身入花世界，兒子笑我有老年入花叢的快感。一路漫步觀賞景色之餘，主要是想看看那二十多幢的玻璃花房，但時間不允許參觀全部，祇就東方人較為熟悉的花種如：牡丹、荷花、蘭花、玫瑰、茶花等幾處花房，看到牡丹花朵大如中秋明月、色彩綺麗，菊花房內特別栽培一千朵花構成的二個菊花大圓球，一黃一白，堪稱奇觀。

不過吸引我最大興趣的，則是盆栽和盆景兩館，前者是日本式的，後者是中國式的。兩館展出的盆栽和盆景不下數百種，每盆造型，各有別出新裁，或古樸典雅、或玲瓏活潑，或氣魄雄壯、或婀娜多姿，不但有欣欣向榮的朝氣，更有要和你對話的靈氣。其取材的精選和手藝的細緻，無不臻於巧奪天工、至善至美的境界，想來必定價值連城。而盆栽或盆景技藝，源出亞洲東方，卻在純西方花園內看到大量傑作展出，頗有青出於藍的感想，也可謂大開眼界。其價值不在於藝品貴廉，而是在於東西文化藝術能有如此融合精緻的交流，堪稱奇蹟。

長木花園內創辦人杜邦的住宅

最後參觀了杜邦一百多年前在園內自建的住宅，二層樓上加一層閣樓的磚牆瓦頂房屋，樸實無華，在那豪麗的花園中顯得簡陋，但也說明了杜氏個人生活的節儉，還有房屋外牆爬滿了常春藤，一片綠意盎然，反映他對綠色自然的摯愛。

暢遊終日，傍晚歸途，頗有不虛此行之感。但潛意識中，卻有些許失落，何以在那廣大的植物花園中，隨處可見茂林，卻無一片修竹園地，頗為納悶。

竹在中國，是歲寒三友之一，與松梅同樣不畏嚴冬，終年長青，備受國人喜愛。它高直有節，中空若虛，常被文人雅士喻為正直、謙虛、有氣節的君子，更是詩人吟詠或畫家繪筆下的極佳題材。宋朝大文學家蘇東坡喜畫墨竹，他的好友文同（字與可），不但工於詩文，尤善畫竹，二人既有同好，便常有研討畫作的詩文交流。東坡有「歲寒唯有竹相娛」詩句，並云：「竹之始生，一寸之萌耳，而節葉具焉」，二人共同認為「畫竹必先成竹在胸」。某次文與可在絹上畫了一幅竹子，題云：「掃取寒梢萬尺長」，被東坡笑問，竹長萬尺，將用絹二百五十匹，文與可自承「吾言妄矣」，東坡立即補贈詩曰：「世間亦有千尋竹，月落庭空影許長」，足見兩人為畫竹詩詞唱酬，交誼深厚，並且同意即使竹雖數尺，但要有萬丈之勢，說明竹子在文人心中的清高地位。

竹之為用大矣，漢代以前尚無紙，記事文字多寫在竹片上，稱為竹簡，累積後編綴成冊，稱為竹書，可見竹在中國文化上的重要性。還有竹之始生，一寸之萌的竹筍，中國人民視之為美食。不僅此也，竹性堅直，也可作為建築材料，它的可用性相當於木材，北宋史家王禹偁所寫〈黃岡竹樓記〉傳誦千年，證明竹子可以造屋。

近世台灣南投縣的溪頭觀光勝地，在茂密森林建有一座內外上下全用竹材建造的綠屋，甚至其中所有牀鋪、桌椅、家具、物件用品，皆為竹製，精緻美觀，可以稱為竹屋的代表作。

更想起前清嘉慶年間，有位姓黃的鹽業富商，家財萬貫，喜愛竹林，斥巨資在江蘇揚州造了一所「个」園，整個園內，遍植青竹，由於竹葉三片，倒映池中，成了無數「个」影，於是命名為「个園」，亦即竹園，頗具雅趣。十多年前我曾前去遊覽，覺得个園和長木兩位園主，在園藝的造詣上堪相媲美，但後者有茂林而無修竹，誠屬美中不足。

大概西方人不太瞭解竹的價值，更不知竹在東方文化中的地位，因之著名的長木植物花園內竟無竹林，真的十分可惜，也是我此行中唯一的遺憾。

二〇一九年三月

石頭記

按照教科書課本的說法，石是構成地殼的礦物質硬塊，那便是指山上的許多石頭塊塊而已。然而古老的中國神話，遠在「天地玄黃、宇宙洪荒」上古時代，就傳說女媧氏煉石補天，不論其說有多少真實性，至少顯示先民已有對石神化的意識。

往後人類文明進化到石器時代，知道石可利用作為器具的材料，人和石之間開始有了感情。再後又進步到石可用作藥材，以至石鍼治病，因之人在病危時有「藥石罔效」之語。到了發明文字之後，且把文字刻在石上，成為石經，人和石的關係已是十分密切。甚至認為石有靈性還能和人通靈，譬如晉代有位高僧道生，在虎丘山上，聚石為徒，講授《涅槃經》，由於感化力很強，群石點頭，於是有了「頑石點頭」的成語。之外，漢代以來，民間有一習俗，以為泰山之石，有神力靈氣，足以辟邪，可以保安，於是常在街巷路沖之處，置一石碑，上刻「泰山石敢當」，更把石頭當作神明。

隨著人類文明不斷進步，石在文化藝術上產生了更大貢獻。許多以石為主題的名畫、庭園設計中用石做的假山、廳堂中的石屏，以及奇石做成的盆栽等，都在生活藝術上有了美化作用。曹雪芹的《紅樓夢》，以青埂峰上的一塊石頭作為楔子，寫了八十回兒女私情的曠世鉅著，列為近代中國四大小說之首，更奠定了石在文學上的崇高地位。

山石在自然界，和林泉、湖光、水色同樣都是秀麗風景中不可或缺的主要角色。眾所周知、世界奇石大峽，舉世聞名，首推當屬美國大峽谷（Grand Canyon），位於亞利桑那州（Arizona）的西北角，縱深1,500公尺，總面積4,927平方公里，是由科羅拉多河域經過千萬年洪流沖積切割而成的龐大峽谷，周圍群山奇岩態勢雄壯，於一九一九年由聯邦國會通過，將大峽谷內最深、最美地段，設立國家公園。其中有最古老的岩石、最奇偉的峭壁，氣勢磅礴，每年前往參觀人數超過四百萬人，遊客即使無力走下谷底，仍可沿著峽谷邊緣，涉足峽區，近距離目睹那些高低參差、廣闊成群的巨無霸岩石，可以說是世上最大的自然山岩博物院，足以讓人驚呼「我的天」（my God），其吸引力和震懾力之大，堪稱絕無僅有，這是上天所賜自然的巨石世界。

美國南達科他州勒許摩山頂四位總統石刻巨大頭像

另一個美國獨有的石刻藝術，是在崇山峻嶺上的巔峰處，竟用鬼斧神工似的技藝，雕鑿了四位總統的巨大頭像，那是南達科他州（South Dakota）高出海平面1,745公尺的勒許摩山（Mount Rushmore），祇要從90州際公路，或從16州公路朝凱斯東市（Keystone City）方向駕車行駛，遠遠就能看到山頂上四座人頭巨像，依序是華盛頓（George Washington）、傑弗遜（Thomas Jefferson）、羅斯福（Theodore

Roosevelt）、林肯（Abraham Lincoln）；分別代表美國歷史演進的四個階段，也就是從誕生（birth）、成長（growth）、發展（development）、和守護（preservation）。每個頭像高達十八公尺，面向東南，以便接受較多陽光，總共用了四十五萬噸的花岡岩石從一九二七年開工，到一九四一年竣工，由創意、設計、製模、選址、施工到完成，這個人為的巨石奇景，是人類和石頭再一次的美好結緣，也成為刻石藝術史上最巔峰的偉大傑作。

還有，著名的英國巨石陣（Stonehenge），是英格蘭的地標，是英國最古老、最富神祕性的遺跡。那裡有近百塊的巨石，圍成一個大圓圈，環狀直徑大約一百公尺，高矮不同，最高的超過六公尺，在最高豎立的石柱頂端，置有橫臥其上跨越四根石柱的大石條，形成門楣的上框。據估計，那些石陣，矗立在英格蘭的平原上，已有

英格蘭巨石陣

好幾千年。遙想五、六千年前，每塊石頭重量從幾噸到幾十噸，在那個年代，全無起重機、吊高機、運輸車等現代機械設備，更無電腦遙控的科技，那些巨石不知來自何處，也不知如何能夠安置在那土地上從不墜倒，就像埃及的金字塔如何建成，同樣成為永遠的謎。最近看到歐洲新聞網的報導，有研究團隊從DNA的特徵，指出巨石陣的石塊來自土耳其和愛琴海附近領域，更是謎上加謎，難道巨石能夠漂洋過海？不過無論如何解讀，人與石的關聯，似乎難以分割。

至於石頭與宗教，幾乎是近親關係，中國

的所有名剎大廟，無不建在高山之上，與石為鄰。最著名的世界最高石刻佛像，是四川樂山大佛，面臨岷江、青衣江、大渡河三水匯流之處，佛像身高七十一公尺，光是佛手中指就長達二十四公尺，氣勢雄偉，令人敬畏。還有甘肅省敦煌的莫高窟，以千佛洞著名全球。洞內石牆和岩壁，竟有無數遠在二千年前精繪的佛教壁畫和神佛塑像，因為數量龐大，乃被稱為「世界藝術畫廊」或「牆壁上的博物館」，因之又衍生了一門顯學，以專門研究敦煌藝術的學科，名為敦煌學，由此可見，石對宗教和藝術的貢獻，可謂至深至大。

人類從擊石取火開始，就和石產生了多元化的友好關係。但石究竟有無靈性，始終並無定論。前年收到一件從美國寄來專程賀我百歲生日的禮物，竟是一本圖文並茂的精裝書冊，書名是 *Spirits of the Stone*（石的精神），由 Garry and Ming Adams 夫婦合著，由於書名主題相當罕見，讀後頗感興趣，也給了我不少啟示。

Garry 是美西土生土長的道地美國人，他妻子 Ming 是我一位老友在台灣出生的女兒。他倆志同道合，在科羅拉多州 Cortez 市的鄉間，開辦一所規模不小的農場，兼營民宿業務，名為 Canyon of the Ancient Ranch，聽來有點古早味。前往參觀的遊客，當然不如高知名度的觀光景點那樣眾多，但因農場地址，臨近有大山奇石，也有古老的峽谷，他倆夫婦對之極有好感，因之在農場業務之餘，二人幾乎以全部精力和時間，像考古學家般的執著，用探寶樣的心情，不辭辛勞，遍歷周圍山區，從事勘察、蒐索、攝影、採取石頭標本，就峽谷中石壁上刻劃的形象文字和圖畫，進行考證工作。經過十多年的努力，把他們所集的古寶資料，經整理分類置於農場廳

科羅拉多州 Cortez 附近的古山奇石

內，形同一所小型古石博物館。凡到農場參觀和留宿的遊客，觀賞之後，無不嘖嘖稱奇，其中不少地質和考古學者，咸認美國大西部隱藏千年的寶物，得以問世，並且寫作成書，他們夫婦有極大貢獻。

Garry 在 *Spirits of the Stone* 書中的序言，開宗明義說，這本書是對古代藝術家在石上的創作致敬，那些古石創作，始終繼續在用它們的美和力，給人們豐富的想像與靈感。希望藉此可以促進對於深藏背後的古代寶物，予以更多的重視以及瞭解先民遺產的珍貴。一位美國著名作家 Robert Schultheis，對美國大西部素有研究，讀了這本書後，認為那些偉大藝品是奇幻和現實的合成，遺藏在偏遠西部的懸崖峭壁中，久久不為人知，而不減其光輝；現被 Garry 夫婦發現，並以大量圖片著書公諸於世，是對古代石刻的最佳禮敬，因之予本書熱烈的讚賞。

我有幸讀到這本稀有的著作，看了書中所寫文字和所附圖片，我不能不認同那書名表達的含義：石頭是有精神的。當人們把它用作器材、建材，進而在它身上刻文字圖畫或雕塑藝品時，它是有感覺的、也合作的，甚且於完成時它是驕傲的。我也不否定，石是有靈性的，「頑石點頭」的故事也是不無可能的。包括《紅樓夢》整個故事是青埂峰旁一塊石頭的靈異所構成的，也不再存疑。

當然，石頭肯定是沒有生命的，但確是有精神的，而且其精神即使經過千年萬年，亙古長存。宋朝書法大家米芾，曾當眾人之面，對巨石跪拜，若無感情達於精誠所至，怎能會讓一代名士為之屈膝？這是因為石的特質是堅貞永固，恆久不變。不似花草之易於枯萎，杉木之終必腐朽，以致人對石頭才有適當的尊重和信賴，也會產生相當的感情。

Garry 夫婦把他們多年研究的結晶，稱謂「石的精神」，其因在此。本文題為「石頭記」，亦復如此，而非抄襲。

二〇一九年三月

神機妙算

誰都知道，迷信是非理性、非科學的，甚至是盲從的。但人們對有些「迷信」，往往存有「不可盡信、不能不信」或「寧可信其有、不可信其無」的二可心態。大概是社會庶眾相沿成習，積慣成俗所致。其實信或不信，都是無條件的，關鍵在於每個人的觀念，信可受益，或不信會招損，只在一念之間。

在台灣有位企業界的朋友Y君，某年他的太太在美國休士頓醫院待產，Y君聽信一位星相學高人的話，當天乘飛機急赴美國，面見醫院婦產科主任，要求務必在某日某時為他的太太剖腹生產，不論手術費用多少，定必全額照付，而所定時間卻在午夜十二時正。醫師當然覺得奇怪，而且要求時間在午夜，醫院人力無法配合，所以一口拒絕。Y君堅決請求照辦，任何代價均願負擔。醫師認為所請極不合理，乃問Y君有何正當理由，Y君告以星相師所言，美國醫師更覺可笑，不得已之下，勉強回答，除非能夠提出言之有理的證明文件，方能予以考慮。

Y君立即詢問醫師本人的出生年、月、日、時，他可轉告星相大師，算出醫師一生命運休咎。美國醫師半信半疑，答允如果正如Y君所言，提出準確證明文件，他可同意照辦。Y君大喜，立刻把醫師所告出生資料，電告在台灣的星相大師，不出一週，收到星相師回電，傳來對美國醫師一生的批命書，其中詳述他生平際遇、命運中順逆的時期，並說曾經離婚，育有一女，財運平順等等，Y君把它譯成英文，醫師一看，大吃一驚，內有若干不為人知的私祕，不得不佩服中國的星相之學，竟能如此準確神奇，所以立刻答允，確定於某日午夜十二時正為Y君太太剖腹生產，Y君喜獲麟兒，未來大富大貴，當可預期。

我在美西的寓所，左邊貼近的鄰居，夫婦兩人都已退休，男的名叫埃爾（Al），是退休工程師，他的妻子瑪莉（Mary）黑白混血，是退休護理長，還曾擔任舊金山護理協會的理事長。某日聊天，無意間我問Al，他的first name原是Alex？或是Albert？還是Alfred？他回答說應該是Alfred，但童年時期，母親喜歡喚他Al，他問母親何故，他母親說這樣比較簡單，也許還會帶給他好運。我聽了覺得有些好奇，於是問他，難道美國人也信命運嗎？他說sometimes。隨後我就講了上面所說剖腹生產的故事，不料 Mary 接著說，她在護理界工作時，就曾聽聞有這種傳說，但不敢判斷真假，現在聽我講了之後，確信真有其事，因之稱頌中華文化果然淵博高深。

順著話題，我故弄玄虛說，我雖非星相學家，但也略知一二，可以測算人、地、事、物的吉凶，大家一笑了之。

再隔二個月，Al 夫婦從加勒比海坐郵輪旅遊歸來，當天 Mary 便說，此行運氣不好，因在船上掉了一件首飾，所以心中一直不樂。我請她立即隨口說出一個時間，她問什麼意思？我說：「妳不用思想，衝口說出某個鐘點便可」，她便隨意說了早上八點。數分鐘後，經我掐指一算，告訴她說：「妳的首飾並未丟失，一定可以找到」，她以為我在給她安慰，以免影響生活心情。

那知第二天她來我家，高興地說：「東西真的找到了，TY 你是半個神仙。」原來她出門前，本想多帶一個戒指，以為已經放進手提袋內，後來又臨時改變主意，隨手又把那戒指放回首飾箱內，這是個下意識的動作，不久就忘了，因之在船上想要戴那戒指，遍尋不著，以為不知在何時何處丟了。待我說了未丟之後，回家再去搜索，竟然看到那枚戒指仍在首飾箱內，於是急忙過來，向我道謝。

其實類似這樣事件，已有N次證明靈驗，包括親友中失業、失物、病情、家人失聯、愛情之夢能否成真，謀事能否實現（中國人有諺云：「謀事在人，成事在天」，可見關鍵在於天意）等等都可測算，靈驗度接近百分之百，因之被笑謂人工的神機妙算。雖然偶有失準，但我以為必因當事者口報時辰稍存猶豫之故。

故事說到這裡，聽來不無虛妄誇張之嫌，其實頗有歷史性的來源。話說宋朝岳飛元帥，他有二個貼身護衛，他們是馬前張保，馬後王橫。

那個張保略知占卜起課之術，岳帥偶有猶豫疑惑時，張保每能起課解疑，而且非常快速，頗獲岳帥信任。可恨當朝奸臣秦檜，陷害忠良，用十二道金牌把岳飛從前線調回，以莫須有罪名處死，構成中國歷史上最大佞臣誤國糗案。後來北宋被金滅亡，大批民眾從北國中原逃難到南方吳、楚等地，想必那個張保也是南逃難民群中之一，他的所謂「馬前課」也由他和他的後代傳到南國，直到八、九百年後，江南許多姓張的人家，視為「祖傳神課」（當然不是每一張家）。至於我之能夠得知這個幾似神話的神課，則有另一段故事。

大概是在我十歲那年，我染了痲疹病，痛苦不堪。延醫診治，除服藥外，嚴禁不能受到風吹，當然不可離開病牀，也就不能上學。祖母得知後，從鄉下趕進城來，每日陪伴在我牀邊，給我講故事，每個故事，都精彩動人，在她的慈愛中，享受滿滿的溫馨，忘記了病痛，是我畢生最難忘的回憶。十多天後，在我疾病即將痊癒時，祖母竟又傳授這神祕的「馬前課」給我，她一字一句清清楚楚地唸給我聽，並用她的手掌，指出課訣中每個課位的落點，要我牢牢記在心裡，將來有人需要幫助時，拿來使用。當時我因病未作筆記，但祖母所授每個字句，確已牢記在心，從未遺忘。後來祖母病逝，再後連續幾個戰爭，全國陷入烽火連天，遍地硝煙，當然也無暇思及「神課」祕訣，但我仍然記得課訣全文。直到國勢大變，從大陸撤到台灣，又是幾十個年頭，以至退休，再遷北美，始終未曾透露神課要訣內容。到了二十一世紀初年，一個農曆除夕，張氏在美族人，聚在我家圍爐吃年夜飯，大家希望講一點常熟張家的掌故，於是我講了祖母傳授「馬前課」的全部故事，由姪女 Betty 作了記錄。因為我想這個神課在我腦中珍藏了九十多年，如果我再不講，恐將永遠消失。至於我的祖母，原就知識豐富，記憶力特強，她如何得知「馬前課」的內容，當時未曾請問，所以不太清楚。現在我願介紹「馬前課」的課訣，從此解開它的神祕，免被世紀長河湮沒而失傳。

用手掌作為起課的課場，以中間三指的指根和指尖共六個部位作為起課的落位定點，依據當事者所報時辰，從第二指的根部起算，順時鐘方向，先把當天的日期落位定點，再從日期的定點，仍依順時鐘方向，從子時推移到所報時辰的落位定點，這一點正是起課推測休咎的終點。

那六個落位定點的名稱，依序是「大寒、留連、速喜、岔口、小吉、空望」，也就是由第二指根部開始第一點是「大寒」，第二指指尖是「留連」，中指指尖是「速喜」，無名指指尖是「岔口」，無名指指根是「小吉」、最後中指指根是「空望」。每個定點用作起課的口訣是：

大寒天地凍，萬物俱無動。
留連留連，就在眼前。
速喜速喜，翹腳就起。
岔口岔口，快到門口。
小吉小吉，你急他不急。
空望空望，一切白忙。

這麼簡單的「馬前課」，當然算不上什麼星相之學，更談不上和《易經》的卦理有何關聯，但以我個人使用經驗來說，有時還真能給人一點解惑幫助。我不知天下姓張的有幾人知道這個掌故，我之所以姑妄言之，一是紀念先祖母的溫情，二是希望朋友們姑妄信之，不妨試試是否有效。但有個重要關鍵，必須要求當事者報出時辰，要毫不猶豫衝口而出，或許那一霎間，正是「神機」或「天機」所繫的關鍵時刻。

「天機」云乎哉？示笑頷之可也。

二〇一九年四月

天作之合

本書前面有篇短文，談到不期而遇的話題，認為那是天、時、人、地四者完美的巧合。但也否定為了特定目的而作人為的「不期而遇」，那是道德上缺乏誠意的行為，不是真實的巧遇。

其實我個人生平有一次幾乎不可能的不期而遇，影響了我整個後半生的生活型態、身心康健、以至晚年的人生觀念，不得不另寫一篇，作為原題的外一章，且聽我用講故事的方式，慢慢道來。

大概是一九七五年的十二月，那時我住在台北市民生社區的公教住宅，某天用畢晚餐，照例稍事休息，準備處理一些公文，但是突然間不知何故，心血來潮，想去外面散步，放鬆一下心情。於是一身便裝，從住所三樓，步下樓梯，走出大門，全無目的地任意漫步，從巷弄走上民生東路。其時台北市東區一帶尚未高度開發，道路兩旁，大部分都是稻田，所以路人不多。我獨自純粹散步，並無特定方向，因之隨便在民生東路四段的人行道上緩步溜踏。一輛公車，從我背後駛來，正好靠站停住，車門自動開啟，正對我的面前，一個乘客下車，車門還未關閉，而我竟在全無意識狀況下，跨進車門，上了公車。

說實話，多年來未曾搭過公共汽車，因為上下辦公、參加會議、或訪客應酬等，都有公務專車可用，所以並不熟悉乘坐公車的規則，上車之後才問司機先生這班公車的終點站是何處，司機很有禮貌回答：「這是〇東，環繞市區一圈後，可以回到原地。」於是我投幣付了全程車資，準備繞市一周，再回民生東路，覺得十分悠遊自在。

坐上公車，我倚窗而坐，注視玻璃窗外，觀賞街景。車行十來分鐘後，公車又在某個站牌前停住，上來幾位乘客，其中有位女客，忽然走到我的座位面前，用不小的聲量對著我說：「啊，張伯伯，您好嗎？我一直都想看您，沒有想到今天會在公車上遇到，真是太好、太巧啦，我有些話正要跟您說呢。」一連串的話語向我拋擲過來，讓我來不及接應，定神一看，原來是多年未見的晚輩大可，還像年輕時一樣快人快語。正好我的旁邊，有個空位，她就坐下，繼續殷殷關懷問我健康可好？生活可好？並且要了我的地址和電話，說明不久要來看我。稍後公車駛到她要下車的站牌，跟我說了 Bye Bye 匆匆下車，又再補充一句：「過二天見。」

這位大可，考上台大後，住在她大伯父的家。她的大伯父吳恪元是台灣大學農學院教授，他和我在抗戰時期陪都重慶就是很熟的朋友。當年他對其時順行的合作運動非常熱心，擔任中國合作事業協會的總幹事（執行長），而會址就在重慶市的臨江路，正在我辦公室兼住家的隔鄰。再因他和我大哥祖聲是國立浙江大學農學院同屆但不同系的同學，他風趣健談，因之我們常相往來。抗戰勝利復員，我被派往東北，他出國深造。之後內戰方酣，我到台灣，他從美國學成歸國，是當年從大陸變色前出國留學於學成後來台的第一位學人，受聘為台大農經系教授，住在台北市溫州街的台大教授宿舍，和我家住所僅有一弄之隔，再度成為鄰居，彼此喜出望外，過從更密。而他的姪女大可又和我女兒 Joyce 都在台大上學，可以說是兩代友好的世交。

不幸民國五十九年，我的前妻江氏小波癌症病逝，中年喪偶，萬念俱灰。隔了年餘，我又遷到民生社區，由於心情不佳，未把新址告知友人，以致和大可多年失去連絡，當然也有多年未曾見面。公車巧遇之後，果然不出二天，她就來民生社區看我，長談過往舊事，頗多感慨。但她隨即轉移話題，而且極為鄭重又很謹慎地對我說：

「張媽媽過世已經六年，為何仍然單身？」

我簡單告以，一是舊情難忘，二是幼子弱智，家累很重，三是工作太忙，無暇談情。她又繼續勸言：

「您已近六十歲，不能無伴，必須再娶，以保晚年康寧。」

隨之她又提出，她有位同事好友陳小姐，要給我介紹，詳細敘述陳小姐心地善良，待人誠懇，工作勤奮，擅於家務，是位絕好的賢內助，她已觀察很久，也很瞭解過去張媽媽和我的家庭狀況、與生活習慣，認為陳小姐和我將是最佳配偶。這次公車巧遇，終於給她機會，可見上天有意讓她成全這樁好事，所以要我務必接受她的建議，約個時間，和陳小姐先見一面。

大可的誠意和至情，當然讓我十分感動。但我對再婚之事，的確尚無意願，所以我也坦誠告她，過去六年內，確有許多好友熱心為我作媒，我已一概婉辭，如今她的好意同樣只能謝謝，約會見面的事，也就免了。

作者夫婦合影

大可是我看她長大的晚輩，她跟我談話，可以不拘禮節，因之她竟表示，如果我堅不接受她的安排，她也堅不離開我的住宅。如此強迫性的「媒婆」，我還未曾見過，於是在百般無奈下，只能勉強同意，讓我仔細考慮，三天後會給她回話，然後她欣然告別離去。

之後三天內，我確實仔細考慮，首先我那弱智幼兒能否和諧相處？其次陳小姐年齡只比我女兒長一歲，老少配是否合宜？再次未來家庭生活型態必有相當程度改變，能否適應？還有遠在國外的長女長子有無意見？諸多問題，一時難以決定，但是大可說的天意二字，卻盤旋在我腦際，倒真覺得有點怪異。她說的天意或許是隨口而出，畢竟讓我有了再三思考的壓力。

於是我一再回想，那天傍晚，我怎會忽發奇想要出門散步？因為我平時並無這個習慣。出門之後，漫無方向和目標，不過隨意走走，卻踏上了民生東路的人行步道，我仍繼續緩慢走步，偶然在一個公車站牌前稍停一步，不過一秒鐘，後面駛來一輛公車，正好在我面前停住，車門打開後，有一乘客下車，何以我會鬼使神差、不由自主地竟會踏進車門去遊車河？實在不可思議。其間如果我出門的時間早晚一、二分鐘，或我漫步時的速度快慢一、二分鐘，甚至公車司機駕駛行進速度早遲一、二秒鐘，就不可能在我停步和公車停站時恰恰同時到點，巧合得可謂天衣無縫。再後數分鐘，竟又在那一公車上巧遇大可，而她也是偶然經過民權東路搭上那班公車，又是巧到不能再巧的巧合，這樣一連串的巧事，不過在幾分鐘之內，居然連續出現，必然集「巧」、「奇」、「準」三個因素於一瞬間，而且任何一個關節，若有一秒之差，巧遇便成錯過，如果不是天意，那就沒有可能。

在這樣的思量之下，我對大可的意見開始有了鬆動，因之給她回了電話，同意由她安排與陳小姐會面，時間是民國六十五年一月八日晚上六點，地點是忠孝東路四段距離財稅資料中心很近的大陸餐廳。

作者夫婦居家攝影

陳小姐給我的第一印象是儀態大方，謙和有禮，這第一個印象也成了我結束單身生涯的第一個因子。

我和陳家麗小姐開始交往，感覺相互投契日益密切，感情隨之逐漸成熟，終於民國六十五年八月十二日在台北地方法院的法官公證下，我們正式結婚，成為夫婦。多重的巧遇，多次的巧合，顯示天意不可違。也可以說，我們的婚姻，乃是最自然、最真實的天作之合。不過「媒婆」大可還是最重要的關鍵人物，沒有她在天意安排下的巧遇，就不會有我晚晴的彩霞。

蜜月伊始，自然分外甜蜜，原先顧慮的諸多難題，都能平順地得到和諧的處理。回首當年，匆已四十三載，內子家麗，付出她的

戶外活動攝影

青春年華，伴我終身。在我公職繁忙時，操持家務，使我無後顧之憂；在我退休後，陪我悠遊四海，樂在其中；在我衰老時，細心照料我的飲食起居，得以延年益壽；到我年過百歲，更是看護醫療，體貼入微。如今我雖鬚髮皆白，而體能粗安，都是她悉心照顧的結果。尤其她熱誠好客，也喜音樂歌唱，所以舍下座上客常滿，讓我不僅從無老邁寂寞之苦，平時還能浸潤於青春喜樂之歡。雖然我不敢奢言寒舍簡陋，「惟吾德馨」，但近悅遠來，老少咸集，倒是讓我不知老之已至。

我們彼此包容接納，彼此深深相愛，老而彌篤，安寧的生活，改變了我的人生觀，不畏老，不懼亡，不自尋煩惱，不輕易發怒，是我晚年以來學到的心得。歸納起來，公車巧遇是因，賢內助的慧巧是果，不論何時奉主恩召，我已無憾。

寫這「不期而遇」的外一章，使我想起家鄉大陸江南有個習俗，每年農曆七月初七日，也就是牛郎織女一年一度在天河鵲橋相會的七夕之夜，江南人會製作一種食品，用餛飩皮一樣的麵片，黏上一些糖粉，再灑上幾粒芝麻，揉成荷葉波狀，投入油鍋，煎上三分鐘後取出，稱為巧果，其味鬆脆甘甜，江南人多喜食。其中巧字的意義，大概是祝福七夕相會的美好。因之我聯想我的公車巧遇，得到美好的結果，不妨也可稱之為巧果，聊慰思鄉之情。

最後我還跟大可笑說，由她的巧遇而促成的天作之合，比她大伯當年推廣的合作運動，更有成效。

二〇一九年四月

百歲感言

二〇一七年七月十二日，農曆六月十九日，是我九十九歲的生日，家人和眾多親友建議，按照國人習俗，按照農曆曆本，九九便是百歲，要在那年為我舉辦百齡壽慶，我隨俗接受了大家的好意，於是發出了請柬，擇定七月十二日（星期日）下午六時假台北市國賓大飯店，辦了一個百齡慶生餐會。

托天之福，那日既無颱風，也無陣雨，因為天朗氣清，所以受邀的敬愛貴賓、親朋好友，都蒙準時光臨，總共二百二十二位（222），諧音成了「呵呵呵」三笑的吉祥代號，皆大歡喜。感謝大家給我的祝福，因之在餐會中不免說了一段話。現在根據錄音，整理成文，姑且題為「百歲感言」。全文如後：

敬愛的諸親好友，大家好！

萬分感謝各位嘉賓在百忙中光臨，更有很多親友從海外遠道回來參加，為我們帶來溫馨的祝福和喜悅，給今天這個場合充滿了歡樂，感到非常榮幸。

剛才聽到好幾位貴賓在影片中的訪談，還有三位晚輩朋友在場的致詞，對我的過獎和溢美的話，都不敢當。但我兒女二人在對口說白的演出中，把老爸消遣一番，我全部接受。因為我在年輕時教導子女，確實脾氣不是很好，但到晚年，已經大有改善。這裡我要講一個小故事：二年前兒子崇寧（那時六十八歲）從美國回來之前，先來一個電話，要我為他打聽在長庚養生村辦理試住的手續，我說沒有問題。於是我電詢養生村明瞭有關試住的各項規定之後，就在電話上替他辦理登記申請，當時養生村的工作人員問及居住人和申請人的關係，我說是「父子關係」，對方那位小姐隨即說了一句話：「喔，你是為你老太爺安排來這裡試住。」我馬上更正說：「不，我是他的老太爺。」那小姐大吃一驚，立刻致歉說：「老先生，失敬、失敬，我們長庚養生村還是第一次接到像您這樣高壽的長者會給晚輩的『老人』辦理這等事宜。」我講這個故事的用意，是要說明，我到了現在這個歲數，還能為子女做點服務，是件很快樂的事。

百齡，也就是生活了一百個年頭，經過了一百個寒暑。每年看著「秋去冬來，春去夏來」，每天看著「朝晨天亮，傍晚天黑」，數數日子，要有三萬六千幾百多天，還真很長很長。可是有些時候，對於六、七十年前，甚至八、九十年前的往事，常常會出現在腦際如同昨日。而且還覺得青春年華的時光，尚未充分享受，轉眼已成白頭，反又感覺歲月流逝，既短又快。西方有句神話：「天上一日、地下千年」，這樣算來，人生百年，在天上不到兩個半小時，真是短之又短。

不論是長是短，我回顧一生，確是十分慚愧，虛度百歲，卻一無所成，一無所有。沒有事業，沒有功勳，當然更沒有財富，但我並沒有遺憾。因為我從小無大志，即使到了中壯年代，我依然未曾胸懷「雄心壯志」，因之我也沒有所謂「壯志未酬」的委屈，這樣說法，有點阿Q的論調，請勿見笑。

從另一方面來說，我做了公務員近五十年，自始至終，打從第一天擔任公職開始，我就對自己自我期許，也是自我約束，必須盡忠職守，絕對不能去做任何一件違犯法令規章的事。與同僚相處，與朋友相交，必須待人以誠，與人為善，絕對不做任何「損人利己」的事，更不應「勾心鬥角」、「陰謀詭計」去做傷害別人的事。十三世紀，義大利有一位被教廷封聖的神父聖法蘭西斯，他的著名禱告詞是：「願天父賜我勇氣去做該做的事，賜我決心不去做不該做的事，更賜我智慧去分別什麼該做和什麼不該做。」我一直把這禱告詞作為我的座右銘，而且認為我已盡力做了正確的選擇，讓我可以保有「清白」兩字。這不免又是阿Q式的精神勝利，但用句現在流行的話，我「自我感覺良好」。

筆者百歲生日紀念

很多朋友常問我：「你這樣高壽，有何養生祕訣？」坦白地說，我對醫療保健的知識，十分貧乏，根本不懂什麼養生之道。不過，我除了生活比較規律之外，倒還有個小小門道，那就是在日常生活中決不自尋煩惱。「煩惱」這東西常會不請自來，避之唯恐不及，怎可自去尋來？問題是人生不如意事，常是十之八九，關鍵則在於患得患失。如果能把「得失」看淡，該屬於你的便是你的，不該是你的便不屬於你，那麼「得失利害」就不致使你憂煩。譬如我不買賣股票，就是為了避開股市漲跌，產生憂煩。其餘小不如意的事，也盡力不讓煩惱過夜，更不要無事生非，自尋煩惱。總結一句，知足常樂，保持快樂，才是保健良方。

末了，我想仿照奧斯卡和金馬獎得獎人的模式，用我感恩的心，對施恩我者，表達我至誠的感謝。

首先，我要感謝我的父母，生我養我，還給了我良好的基因，讓我能有長長的壽命。

其次，我要感謝上帝的慈愛，主耶穌基督的恩典，給了我平順的一生。

再次，我要感謝歷任長官，由於他們的提攜和信任，讓我能有為國家略盡棉薄的機會。

又次，我要感謝數十年來的同僚、先進、朋友，給我的支持、指導和協助，讓我能在這個社會中，獲得一席立足之地。

還有，我要感謝很多醫界朋友，在我疾病時，給我適當且有效的治療，總能藥到病治，尤其在我晚年，長期指示保健須知事項，有益身心。

最後，我最要感謝的是我的賢妻、愛妻Angela家麗，由於她在我的日常生活中，事無鉅細悉心照顧，尤其對我的飲食起居，照料得無微不至。今日我還能站在這個台上，全是她的功勞。當然不能忘記，這寶島的好山好水，蓬來在來，都足以益壽延年。

結束講話前，我要向各位報告，剛才切蛋糕、吹蠟燭時，我作了兩個願望：

一、明年郝先生柏村百齡大壽，願我還能參加祝壽行列。

二、願望兩岸和平發展，早日融合一統。我肯定不及看到，但我深信一定能夠實現。

謝謝、謝謝！並祝諸位親友健康快樂！

散席時，我準備了兩件伴手禮，分贈每位親友，感謝他們的光臨，一件是一套特製的茶具，另一件是本書的前集《現代逍遙遊》，留作紀念。

同時我要特別表達由衷的感恩，由於請柬上誠摯說明懇辭一切賀禮，致勞諸親好友，慷慨解囊，捐助公益，總計惠贈五十萬元。在此謹以至誠，代表財團法人心路社會福利基金會致以最深謝忱。

然而唯一的例外，必須補上一筆。我的外孫 **Jon** 用筆名 **Nathan Joye** 寫了一本英文小說 ***Reunion***，從美國帶來，把他的創作送我作為他贈我的百歲壽禮，並且要我譯成中文，當然不能推辭。因之我在去年費了一點精神和時間，譯成《再相逢》，並以中英文合訂本出版（非賣品），分贈親友，算是我度百歲的一段溫馨插曲，也是祖孫二人在文字筆墨上合作的紀念。

二〇一九年五月

揮揮手　逍遙遊

「逍遙遊」這三個字的發音，其實在我幼童三歲還不能認字時，就在我的小腦袋裡留下很喜歡的印象。因為那是當年常熟縣城內，有個知名的遊樂園，內有戲院、有兒童樂園、有茶館兼彈詞說書廳、有食堂、有棋社，還有晚上放映黑白無聲片的露天電影場等等設施，是個綜合性、也是唯一的民眾娛樂場所，縣民趨之若鶩，生意興隆，頗為熱鬧。它的名字就叫「逍遙遊」。

那裡面的戲院，經常有來自上海的京劇團、文明戲（後來的話劇）、歌唱團等輪流登台演出。母親時常攜我同去觀賞，我坐在母親腿上，因我太年幼，不懂劇情，她還要給我講解，我依然覺得沒有太多興趣，後來母親先把我交給兒童樂園的管理人員，等她看完演戲，再來領我買些糖果零食回家，那是我幼年最快樂的時光。

幼童時我當然不懂「逍遙遊」三字的含義和出處，稍長後入了私塾，聽秀才老師講解莊子的故事，方知《莊子》書裡有〈逍遙遊〉篇，大意是北海有一條鯤魚，突然變成一隻大鵬鳥，一飛沖天，飛上幾萬里高空，用了很久時間飛到了南海，卻被一隻小麻雀譏笑，何必費那麼大力氣，飛那麼久時間，飛得又高又遠幹啥？還不如我小麻雀飛到樹上，又飛到地下，多麼自由自在。後來，秀才老師更進一步講解，那種自在被莊子稱為「無依賴的逍遙」，但我仍不甚明瞭其真正義涵，

江蘇常熟城樓近影

不過因我童年常在「逍遙遊」玩耍，所以我對之總有特殊的好感。

人生若夢，就像莊子夢到自己變成蝴蝶一樣，可以快樂到渾然忘我的境界，童年時的逍遙，似乎猶在眼前。但時光飛逝，一晃好幾十年很快過去了，退休後的餘年生涯，應有好好的規畫。那麼何不就像大鵬一樣，高高飛翔，去看看天外有天？或像蝴蝶一樣，拍拍翅膀，栩栩如真，樂而忘我，逍遙餘生？

於是從一九九〇年開始，趁著生命夕陽尚有餘暉，偕同妻子、手牽著手，隨心所欲，起步作晚年的逍遙之遊。原以為少則三年、五年，多則十年、八年，屆時倦鳥歸巢，靜待安息。未料身體粗健，行旅無礙，二十年間，足跡遍及四大洲、三十六個國家，所到之處，依據所見所聞、所思所感，隔了多年，隨意寫了一本書，蒙聯合文學出版公司出版發行，原擬書名就是「逍遙遊」，後遵發行人寶琴女士高見，更名為「現代逍遙遊」，並且加了一個副題「100歲帥哥的優雅旅程」，讓我覺得有些靦腆。那本書在二〇一七年發行，是用來作為給我自己百歲生日的禮物。不是遊記，因為我沒有生花妙筆，把每個風景勝地，寫得如詩如畫，而只是旅途中的記憶、記事、或記錄等的隨筆，現在再寫這本續集，亦復如此。

事實上，我去過、遊過的地方，遠比書中提到的還多。譬如美國僅次於紐約的第二、第三大城洛杉磯和芝加哥，去過多次我都無感，因之很少著墨。反之離舊金山不遠的優勝美地（Yosemite），單看她的中文譯名，可知那兒必是一個絕佳景點，就因距離很近，以為隨時可往遊覽，結果屢次拖延，未能如願，以致無記。

再如歐洲各國，英、法、義、俄、德、瑞、奧、比、荷、盧，以及西班牙、葡萄牙、北歐各國等等，諸大享有盛名的首都京城，也都不止一次往遊，但看的全是皇宮、教堂、藝廊、劇院等大致相仿，寫了一地，其他各地，祇是大同小異，所以書內作特別記載的不多。

至於近鄰日本的東京、京都、大阪等地，曾多次遊覽，由於歷史的情感，難以使我逍遙。南韓的首爾，無甚特色。澳洲的黃金海岸，豔麗的陽光，足以代表一切。東南亞的菲律賓、馬來西亞、新加坡、泰國、越南等等，值得念念不忘的甚少，於是從略。

最後要說故國山河，從白山黑水、萬里長城、京華古都、長江黃河、以至兩廣南國，都有我的腳印，但留在記憶中的，不是現今的繁榮風華，而是昔日的傷痕累累。對我這一代年齡的人而言，恐怕難有逍遙之感。唯一使我懷舊難忘的是故鄉常熟，特別是我童年時的「逍遙遊」，雖然原址早已消失，連一點遺跡都不存在，但是從小留在我心中的那三個字，卻是永久不會遺忘。因之我的拙作取名《現代逍遙遊》，與此不無關聯。而且在書的上集〈卷尾語〉中，寫了這樣幾句話：「我想嘗試把還有一些尚未寫下的見聞和感思再鼓餘勇，加以補述，作為《現代逍遙遊》的續集。祇是年過百歲，腦力精神，能否勝任，尚待考驗，如能通過自我挑戰，借用金聖歎的話，『不亦快哉』！」現在勉能寫完續集，當然不無快意，而且我不否認，其勇氣確是來自那三個字「逍遙遊」的鼓勵。

不過，畢竟年齡太老了，今後再要想去徜徉於山水之間，逍遙於大千世界，祇恐力不從心，今生已無可能。所以在此就要打住，從此擱筆，向逍遙遊道別再見。

生命的列車，永遠隨著時間列車雙軌並行，但生命列車中的乘客，各持各的車票，各有各的終站，或早或晚，先後下車。而時間列車，分秒不停，永遠繼續繞著地球前進，於是生命列車的乘客，往往要向時間列車揮手掰掰。

我坐的生命列車，已經隨同時間列車並行走了百年，至今猶未到達終站，想必現在行進的路程，應該是距離終站前的最後一里路。可是這一里路，好像可長可短，忽近忽遠，直到現在還沒清楚看到終站的站牌立在何處，因之我告知自己，必須穩穩行進這最後的一里路，慢慢地、平安地，邊行邊想，好好回顧來時的路，有無需要在旅客留言欄上留下我的告白。雖然我在百歲感言中說過沒有遺憾，但結果是我要寫下一段畢生悔憾交集的告解自白。

那真是我天大的憾事，竟以一小時之差，未能在我母親臨終尚未閉目前和她訣別。那是一九四七年的嚴冬，我在上海工作，突接家鄉傳來通知，母親病危，要我速返。於是當天中午，到上海閘北，搭乘到常熟的長途公車，那時尚無高速公路，更無快速火車，老舊公車行駛在破碎石子路上，我心急如焚，它氣喘如牛，到達常熟，已近傍晚時分，急忙先赴姨媽家中，預備和她一同坐船趕往東鄉，母親所居的唐市。但那天正是大寒節令，江南一帶城鄉河道，全部冰凍，船隻無法航行，如果連夜改走陸路，大概需要三個小時，但是姨媽年逾五十好幾，不便夜行，而我又不熟悉路徑，因之決定次日凌晨天光初亮時啟程，到達唐市約在八點左右。哪知一進大門，就聞內屋哭聲，方知母親剛在一個小時前，嚥下了最後一口氣，已經離開人世，以致未及在她斷氣前見到母親最後一面，即使捶胸痛哭，也難辭不孝之罪，人生最大遺憾莫過於此。而事後仔細思量，如果前一晚上，若能僱一年輕男工，提著燈籠，當夜兼程趕路，那麼子夜前後不久，可以到達母親身旁，或許可以延長母親生命若干時日，至少可以及時在側為她送終，但一切都已晚了，哀哉痛哉，皆已無補罪孽深重。

生命終站何時抵達，永遠是個不可知的奧祕。

現在的我，正在走那終站前的最後一里路，在僅剩的極短時間內，容我揮一揮手，逍遙再見。更願望來生，再能偎在母親懷裡，重去故鄉的「逍遙遊」！

二〇一九年六月

附　錄

一、負面取向
二、政黨政治的中心定律
三、憲政主義

（摘譯二〇一三年版 *Things That Matter : Three Decades of Passions, Pastimes and Politics* 部分篇章要點，作者 Charles Krauthammer）

一、負面取向 Going Negative

以美國航空事業界為例，A家航班空難失事，飛行同一航程的B家航空公司，必以負面廣告，提醒旅客改搭B家航班較為安全。同樣性質的事件發生在速食業，J店發生了顧客食物中毒事件，M店未曾採取負面廣告，因為他們知道，競爭者相互詆毀的後果，旅客將會改乘火車，食客將會改吃鮪魚三明治。

可是每隔兩年的美國選舉，美國的政治行業者，在電視廣播上不斷地用充滿惡意、有毒的，甚至下流的手法，謀殺其他政治工作者。然又揚言，他已迷惑美國是否已經失去對政客們的信任。

投票人顯然迫切期待早日逐出那些惡劣分子，但民調卻指出厭惡政客祇會變得更糟，而一些明哲保身的聰明人士，也祇會摸摸鬍子，徒作無奈而已。

能封殺嗎？玩法者自有辦法解脫自己。

為什麼會這樣呢？毋需引用高調理論，最簡單的解釋永遠是最好的解答。政治只是美國的一種行業，那些參與者不惜用龐大預算，用負面廣告彼此毀壞對手，也唯有美國的政治行業者會運用巨量金錢，荒謬到去擊碎任何可能有利於對手的忠誠者。

相較於其他行業的負面廣告，唯有政客能夠有系統地去做扼殺信任的工作，所以祇要你打開電視，聽聽任何一個候選人談到他的對手，你就必須記得，不論誰輸誰贏，必有一人將要成為或終於作為你在國會的代表。

密蘇里州有位 John Danforth 參議員，回憶他在一九七〇年時參加競選，對手是有高聲望的 Stuart Symington，結果 John 失敗，但是他們二人的競選，完全是君子之爭，彼此尊重，沒有負面爭論。六年後John再度參選，並且順利當選。之後，正面競選在美國已成絕響。

那是很久很久以前的故事，從那以後，政客們都採取負面攻擊取向，理由是那樣比較有效。然而政客們的那些政治自殺行為，其實已經構成政治階層的集體自殺。

就像一九九四年的競選運動，竟然如同每人都在作說謊者、欺騙者、偽造者或奸詐者的負面競賽。例子不勝枚舉，大家謊來謊去，結果都一樣，每個州必有人代表他的州進入國會，而且保證第一〇四屆國會必將充滿來自全國各地擅長攻訐漫罵的政客。

看來需要一個課程座談會，專門討論，為何選民要選出那樣的民意代表？

（原文寫於一九九四年十月二十八日）

二、政黨政治的中心定律 The Central Axiom of Partisan Politics

要想瞭解美國政治的運作，必先懂得這條基本法則，那就是保守派的人永遠認為自由派分子都是笨蛋，而自由派的人則永遠認定保守派分子都是魔鬼。

這個對等相稱的符號，以一個保守派者看來，都不會同意把波斯尼亞的嬰兒拋棄雪中，而讓富人可以減少稅負，因之保守派的人都同意自由派確是笨蛋。

反之，自由派人士基本上相信人性本善，事實上卻與四千年來的人類歷史正好牴觸，不然何必急急於需要推動社會改革計畫。所以自由派是患了天真到無藥可治的「好心」病，即使保守派對自由派的態度是憐憫性謙讓，但自由派並不領情，因為他們肯定保守派永遠是卑鄙的。然而他們怎能相信自吹自誇、自認為可靠的軍力？他們又如何能在沒有靈魂的思維下削減社福而不傷害到弱勢族群？

沒有頭腦的自由派人，深信保守派人沒有良心。當共和黨在一九九四年意外地獲得多數掌控聯邦眾議院時，傳統的智者立即歸因於自然秩序平衡受到干擾所致。自由派人則相信不僅保守派犯了錯誤，因而憤怒。這樣各自一個接一個的製造矛盾，並指製造最多矛盾的則是小布希（George W. Bush），因為他既有慈悲為懷的同情心，但他是否又屬於保守派，以致媒體在他競選活動的過程中常被愚弄，媒體人士的解釋是：「布希個人看起來似乎是個愉快明朗的人，因之把他的政策假定視為接近政治的中心要點。」

這種假定曾經有過嗎？有，但那是近百年前的事。

（原文寫於二〇〇二年七月二十六日）

三、憲政主義 Constitutionalism

幾十年來，民主黨與共和黨一直在爭吵一件事，誰擁有美國的國旗？現在換了個題目，又在爭吵誰擁有美國的憲法？

國旗問題的爭論，從越戰時期開始，因為當時的左傾激烈分子，犯了焚燒國旗的錯誤，從那以後，不想自殺的自由派人士，便竭力想解除那個傷害，因之他們的行為刻意，有時甚至用不正當的手法，表示他們對國旗的忠誠。

然而很奇怪，有些人依然做不出好的樣子，譬如歐巴馬在他競選總統時，衣襟上未佩國旗徽章，有人問他何故，他答道，那不過是愛國主義的替代品而已，實則他又犯了一次過錯，因為幾個月之後，他又悄悄地在他衣襟上佩了國旗徽章。

而現在呢，問題轉到了憲法，這算是比較好的一種辯論，因為國旗畢竟祇是一個象徵，所有爭執，也僅是情緒衝動的發洩而已。但憲法則是能夠發言的文件，它具體規範國家社會結構的本質，在我們大眾生活中，沒有比憲法更有實質意義的事物。

可是現在美國人正處於對憲法產生的政府應有的權力和範圍，作激烈辯論之中。這個辯論的出現，則是現在的政府，都在大膽地擴充組織機構，增加預算支出，並企圖控制整個國家的能源經濟，因之普遍引發反應，要求政府一切作為必須受到憲法的拘束、人民的監督，符合建國立憲先賢們的遺旨，這就被稱為憲政主義。

憲政主義的要義，是指司法的原創主義者（Judicial originalists）所堅持的精神，任何對憲法作合法的解釋，必須受憲法原文的拘束。因之，憲政主義作為政治哲學，代表一個有改造、自制能力的政權，任何總統或立法者，必須基於最小政府原則，尊重憲法的每一個字和其意義。

美國第一一二屆國會，創造了一個良好先例，極具示範意義，就是在開議那天，全體議員站立朗讀憲法全文。這樣讀憲的動作，反映了提醒政府過於擴權的不當，同時也促使負立法之責的議員們，於通過任何法案時，必須慎重檢點，是否完全合憲，確保人民權益。

憲政主義作為政治傾向的一個指標需要謹慎的思考和周全的發展，以它寬廣的訴求和哲學的深度，保守派的未來該要跨出有著希望的一步。

（原文寫於二〇一一年一月七日）

讀了以上三篇摘譯的文章，想必會問：美國的選民，也就是美國的公民如此好騙或好被騙嗎？答案是肯定的，因為他們已經習以為常，不覺得是在騙人或被騙了。

回溯上一個世紀，全球人民都曾嚮往有朝一日成為美國公民，可以享受民主自由的生活。如今讀了以上三文作者的肺腑之言，定有今非昔比之感。然而筆者在本書的一篇「驢」與「象」的短文中說，在沒有更好的制度出現前，祇好將就罷了。

筆者寓居美國二十年，始終不是美國公民，所以對現象的演變，並無悲喜的感覺。或許普天之下，舉世皆然，也是無感原因之一。

二〇一九年六月

國家圖書館出版品預行編目資料

不亦快哉集：令人驚豔的102歲/ 張祖詒著.
-- 初版. -- 臺北市：聯合文學, 2019.8
304面；14.8×21公分. -- (繽紛；226)

ISBN 978-986-323-314-5 (平裝)

863.55　　108012933

繽紛 226

不亦快哉集：令人驚豔的102歲

作　　者／張祖詒
發 行 人／張寶琴

總 編 輯／周昭翡
主　　編／蕭仁豪
資深編輯／尹蓓芳
資深美編／戴榮芝
版權管理／蕭仁豪
業務部總經理／李文吉
行銷企畫／邱懷慧
發行專員／簡聖峰
財 務 部／趙玉瑩　韋秀英
人事行政組／李懷瑩

法律顧問／理律法律事務所
陳長文律師、蔣大中律師

出 版 者／聯合文學出版社股份有限公司
地　　址／臺北市基隆路一段178號10樓
電　　話／(02) 27666759 轉 5107
傳　　真／(02) 27567914
郵撥帳號／ 17623526 聯合文學出版社股份有限公司
登 記 證／行政院新聞局局版臺業字第6109號
網　　址／http://unitas.udngroup.com.tw
E-mail:unitas@udngroup.com.tw

印 刷 廠／禾耕彩色印刷有限公司
總 經 銷／聯合發行股份有限公司
地　　址／ 231 新北市新店區寶橋路235巷6弄6號2樓
電　　話／(02) 29178022

出版日期／ 2019年8月　初版
定　　價／ 380元

ISBN 978-986-323-314-5（平裝）